suhrkamp taschenbuch

»Er besaß zwei Märchen. Eines gehörte ihm allein, er teilte es mit niemandem. Das zweite, das hatte ihm der Großvater erzählt. Irgendwann stand er ohne da. Und darum geht es hier.«

In dem besagten Jahr, von dem Tschingis Aitmatow erzählt, wurde er sieben, es war sein achtes Lebensjahr. Das eine Märchen erlebte der vaterlose Junge mit Hilfe seines Fernglases. Durch das Glas hindurch suchte er in der Ferne den weißen Dampfer: Einer der Matrosen mußte sein Vater sein. Und um zum weißen Dampfer zu gelangen, wollte der Junge sich in einen Fisch verwandeln.

In seinem Vorwort zu dieser Ausgabe in neuer Übersetzung schreibt Tschingis Aitmatow: »Da schwimmt der weiße Dampfer im klaren See unterhalb der schneebedeckten Bergkette im Nebelstreif des Kindertraums. Diesmal steuert er in den Hafen der deutschen Leser. Schaut durch das Fernglas, vielleicht könnt ihr den Jungen in den Wellen erkennen? Ob es ihm glücken wird, den weißen Dampfer zu erreichen?«

Tschingis Aitmatow wurde 1928 im Dorf Sheker, Kirgisien geboren. Mit fünfzehn war er Sekretär des Dorfsowjets in Sheker. Genau in dieser Zeit spielt *Dshamilja* (st 1579), jene Erzählung, von der Aragon schrieb, es sei »die schönste Liebesgeschichte der Welt«, und die Aitmatow weltweiten Ruhm einbringen sollte. 1946 studierte er auf der Technischen Hochschule in Dshambul Veterinärmedizin. Nach dreijähriger Arbeit auf dem Experimentiergut des Wissenschaftlichen Viehzuchtforschungsinstituts von Kirgisien besuchte Aitmatow von 1956 bis 1958 das Literatur-Institut »Maxim Gorki« in Moskau. Heute lebt Tschingis Aitmatow als Botschafter seines Landes in Luxemburg.

Tschingis Aitmatow
Der weiße Dampfer

Roman

Aus dem Russischen
von Uwe Groth
Mit einem Vorwort von
Tschingis Aitmatow

Suhrkamp

Titel der Originalausgabe:
После сказки (Белый пароход)
Aus dem Russischen übersetzt nach der 1984
im Mektep-Verlag, Frunse, erschienenen Buchausgabe.
Das Vorwort wurde von Angela Martini-Wonde übersetzt.
Umschlag: Birgit Ackermann

suhrkamp taschenbuch 2418
Erste Auflage 1995
Erste Auflage dieser Übersetzung 1993

Druck: Ebner Ulm
Printed in Germany
Umschlag nach Entwürfen von
Willy Fleckhaus und Rolf Staudt

2 3 4 5 6 – 00 99 98 97

Tschingis Aitmatow
Vorwort

Schaut durch das Fernglas zum »weißen Dampfer«

Er liegt auf dem Berg und schaut in die Ferne. Über ihm schweben lichte Wolken. Unverwandt schaut er durch das Fernglas in der Erwartung des weißen Dampfers draußen auf dem See. Bald wird er in der himmelblauen Ferne vorüberziehen wie im Film. Und aus den Schornsteinen steigt Rauch auf.

Manchmal habe ich das Gefühl, ich sollte zum Issyk-Kul hinaufsteigen, und dort würde ich ihn vorfinden. Er wird mir entgegenlächeln, sich vom Fernglas losreißen und sich wieder an es schmiegen. Er ist Legende und Wahrheit, er hat die mythische Gehörnte Hirschkuh gesehen sowie ihre wahrhaftigen Mörder, er ist meine fiktionale Gestalt, mein namenloser Junge aus der Erzählung »Der weiße Dampfer«.

Doch auf dem Berg ist der Junge schon lange nicht mehr. Er ist im Fluß davongeschwommen auf der Suche nach seinem unerfüllbaren Traum hin zum weißen Dampfer. Er ist fortgeschwommen und hat sein Fernglas zur Erinnerung zurückgelassen.

Für mich ist es das »Fernglas« der Zeit.

Die Jahre vergehen, seitdem »Der weiße Dampfer«

seine Leser in verschiedenen Ländern, in verschiedenen Sprachen gefunden hat.

Und ich schaue immer noch durch das Fernglas, das er auf dem Berg zurückließ.

Und das, was ich im »Fernglas des Jungen« nah und vergrößert sehe, sobald ich versuche, die Realität des Mythos und die Illusion der Realität zu begreifen, das sehen wohl auch die Leser des »Weißen Dampfers«, wenn sie das Fernglas in die Hände nehmen, das auf dem Berg zurückblieb.

Der Junge sah das Ewige in der Harmonie der Natur und das unerklärlich Grausame in den Handlungen der Menschen. Der Junge spürte das mütterliche Prinzip in der Natur, er liebte sie wie seine Mutter, die ihn verließ und in die Stadt fortging. Es ist die universale Schau der kindlichen Seele mit ihrem weltumfassenden Einfühlungsvermögen, das vom Anbeginn des Universums herrührt, mit ihrer unendlichen Sehnsucht nach dem Ideal als dem Wesen und Triumph des Lebens: Galaxis – Natur – Mensch.

Doch – ach! Das Ideal des Kindes trifft unfehlbar auf Chaos und Zerstörung, die unablässig im bewegten Leben der Menschen vorkommen. Vom Ideal scheiden zu müssen ist unsere ewige Tragödie, haben wir dieses jedoch erfaßt, gewinnen wir eine tiefere Erkenntnis vom Leben. Schon seit langem habe ich immer wieder versucht, davon zu sprechen, hier nun, indem ich durch das Fernglas schaue, das mein Junge auf dem Berg zurückließ.

Da schwimmt der weiße Dampfer im klaren See unterhalb der schneebedeckten Bergkette im Nebelstreif des Kindertraums.

Diesmal steuert er in den Hafen der deutschen Leser.

Schaut durch das Fernglas, vielleicht könnt ihr den Jungen in den Wellen erkennen? Ob es ihm glücken wird, den weißen Dampfer zu erreichen?

September 1992

Der weiße Dampfer

1

Er besaß zwei Märchen. Eines gehörte ihm allein, er teilte es mit niemandem. Das zweite, das hatte ihm der Großvater erzählt. Irgendwann stand er ohne da. Und darum geht es hier.

In dem besagten Jahr wurde er sieben, es war sein achtes Lebensjahr.

Also mußte eine Schultasche angeschafft werden. Eine schwarze Kunstledertasche mit blitzendem Schnappschloß, das unter einem Metallbügel einrastet. Mit einer aufgesetzten Tasche für Kleinkram. Kurzum, die ungewöhnlichste und zugleich normalste Schultasche der Welt. Und damit wird wohl alles angefangen haben.

Der Großvater hatte sie aus dem Kaufladen auf Rädern. Der rollende Kaufladen klapperte die Viehzüchter in den Bergen ab und sah hin und wieder auch bei ihnen im Naturschutzgebiet vorbei, in der Waldsenke von San Tasch.

Von hier aus, im Sperrgebiet, stieg über Schluchten und Abhänge ein am Oberlauf des Flusses gelegener, unter Naturschutz stehender Gebirgswald auf. Im Schutzgebiet gab es nur drei Familien. Dennoch kam der rollende Kaufladen auch bei ihnen, den Waldbewohnern, auf einen kurzen Besuch vorbei. Er, der einzige Junge auf den drei Höfen, entdeckte das Kaufladenauto immer als erster.

»Es kommt!« schrie er und rannte zu den Türen und Fenstern. »Der Kaufladen auf Rädern kommt!«

Der Weg, zwei Spurrinnen eigentlich nur, mühte sich vom Ufer des Issyk-Kul endlos durch die Schlucht herauf, am Flußufer entlang, über Schlaglöcher und Geröll. Es war nicht leicht, auf so einem Weg zu fahren. Wenn es den Karaul-Berg erreicht hatte, kletterte es aus der Tiefe des Engpasses hervor, einen Hang hinauf, und fuhr von da noch lange einen kargen Steilhang bis zur Forstsiedlung hinab. Der Karaul-Berg lag gleich daneben. Im Sommer lief der Junge fast jeden Tag hinauf und schaute durch sein Fernglas zum See hinaus. Dort drüben auf dem Weg war immer alles genau zu sehen, ob es nun ein Fußgänger war, ein Reiter und ein Auto erst recht.

Diesmal, und das geschah im Hochsommer, badete der Junge wieder in dem Staubecken, von wo er die Staubwolke sah, die der Lieferwagen auf dem Hang hinter sich herzog. Das Staubecken lag am Rande einer seichten Stelle des Flusses, im Geröllbett. Der Großvater hatte es aus Steinen aufgeschichtet. Ohne den Damm wäre der Junge, wer weiß, längst nicht mehr am Leben. Und der Fluß hätte längst, wie die Großmutter sagte, seine Gebeine ausgewaschen und geradewegs in den Issyk-Kul hinabgeschwemmt, wo Fische und sonstiges Wassergetier sie hätten bestaunen können. Ihn hätte wohl auch niemand so recht vermißt, und keiner wäre ihm eilig zu Hilfe gekommen, weil er schließlich nicht hätte ins Wasser gehen müssen und weil ihn auch keiner so recht gebrauchen konnte. Bislang aber war ja noch gar nichts passiert. Und sollte etwas passieren, wer weiß, vielleicht wäre die Großmutter ja wirklich nicht losgestürzt, um ihn zu retten. Wenn er wenigstens mit ihr verwandt gewesen wäre, er sei aber doch, wie sie sagte, ein Fremder. Und wenn einer erstmal ein Fremder ist, dann bleibt er das auch, egal ob man ihm nun zu essen gibt und für ihn sorgt oder nicht. Und wenn er nun einfach kein Fremder sein will? Und warum sollte ausgerechnet er sich als ein Fremder fühlen? Vielleicht ist nicht er, sondern die Großmutter fremd?

Doch davon später und über Großvaters Staubekken auch. Jetzt erblickte er also erstmal diesen Kaufladen auf Rädern, der den Berg herunterkam, und hinter ihm wirbelte der Straßenstaub auf. Und wie er sich freute, denn er wußte genau, daß nun diese Schultasche gekauft würde. Er sprang augenblicklich aus dem Wasser heraus, zog sich rasch die Hose über die mageren Hüften und rannte noch naß und blaugefroren – das Wasser im Fluß war kalt – den Pfad zum Hof hinunter, um die Ankunft des Autos als erster zu melden.

Der Junge rannte so schnell er konnte, sprang über Büsche und machte einen Bogen um die Felsbrocken, wenn sie zu hoch waren, um darüber hinwegzuspringen, hielt sich nirgends auch nur eine Sekunde auf, weder bei den hohen Gräsern noch bei den Steinen, wohl wissend, daß es mit ihnen eine eigene Bewandtnis hatte. Sie konnten sich nämlich gekränkt fühlen und sogar ein Bein stellen. »Das Kaufladenauto ist da. Ich komme nachher noch mal vorbei«, rief er dem Liegenden Kamel zu, so hatte er den rötlichen, höckrigen Granit genannt, der bis zur Brust im Erdboden steckte. Normalerweise ging der Junge nie vorbei, ohne seinem Kamel auf den Höcker zu klopfen. Er tat das mit der gleichen Besitzerallüre, mit der der Großvater sein Merinoschaf mit dem gestutzten Schwanz beklopfte, ein bißchen nachlässig, im Vorbeigehen: Wart's ab, ich muß noch mal los, gibt noch was zu tun. Er hatte auch einen »Sattel«, einen zur Hälfte weißen, zur Hälfte schwarzen, einen gescheckten Felsen mit einer Sattelmulde, in der man rittlings sitzen konnte. Dann gab es noch den »Wolf«-Felsen, der sah wirklich aus wie ein Wolf, braun und graumeliert, mit mächtigem Hals und einer Stirnwulst. An den mußte er sich immer heranpirschen und ihn ins Visier nehmen. Sein Lieblingsfelsen war der »Panzer«, ein nicht kleinzukriegender Hinkelstein direkt am Fluß über dem unterspülten Ufer. Da konnte man zugucken, wie sich der Panzer vom Ufer abstößt und vorschnellt und der Fluß Wellen schlägt und die Gischt aufschäumt. Die Panzer im Film sind jedenfalls immer so losgedröhnt, vom Ufer ins Wasser und volle Kraft voraus... nur selten bekam der Junge einen Film zu sehen, und deshalb konnte er sich auch alles so genau merken, was er gesehen hatte. Manchmal nahm der Großvater den Enkel mit in die Zuchtfarm der Sowchose im Nachbartal hinterm Berg, um einen Film anzusehen. Seitdem stand jedenfalls der Panzer am Ufer und wartete nur darauf, über den Fluß zu preschen. Es gab noch andere Steine, bösartige, gute, ja sogar listige, aber auch dümmliche.

Unter den Pflanzen hatte er auch Lieblinge, es gab mutige, ängstliche, auch böse. Die Distel mit den langen Stacheln zum Beispiel war sein Erzfeind. Mit der mußte man sich wohl zehnmal am Tag herumschlagen. Ein Ende des Krieges aber war nicht abzusehen, denn die Distel wuchs munter und mehrte sich. Oder die Feldwinden hier. Das waren, obschon Unkraut, die klügsten und fröhlichsten Blumen von allen. Des Morgens begrüßten sie die Sonne inniger als die andern. Andere Pflanzen merken erst gar nicht, ob es nun Morgen ist oder Abend, denen ist alles einerlei. Die Winden aber, kaum daß die ersten Sonnenstrahlen sie wärmen, machen die Augen auf und lachen. Erst ein Auge, dann das andere, und dann schnurren eins nach dem anderen die Blütenröllchen auf. Weiße gibt es da, hellblaue, fliederfarbene, ganz unterschiedliche... Und wenn man mucksmäuschenstill neben ihnen sitzt, dann scheint es, als würden sie, nun aufgewacht, kaum hörbar flüstern. Die Ameisen, die müßten es wissen. Morgens, wenn sie die Winden rauf und runter rennen, blinzeln sie in die Sonne und hören genau, worüber die Blumen sich unterhalten. Ob die sich ihre Träume erzählen?

Tagsüber, meist um die Mittagszeit, verzog sich der Junge gern ins dichte Schilf. Das Schilf steht hier hoch, Blüten hat es nicht, doch es riecht wunderbar und wächst in Grüppchen stellenweise in Mengen und läßt kein anderes Kraut an sich heran. Die Schilfstengel sind wirkliche Freunde. Besonders, wenn man wieder mal gekränkt wurde und einem zum Heulen war, dann konnte man sich ins Schilf verkriechen, da sah einen keiner. Sie riechen wie Kieferngehölz am Waldesrand. Warm und ruhig war es im Schilf. Vor allem ließen die Halme den Himmel frei. Man brauchte sich nur auf den Rücken zu legen und schon konnte man den Himmel sehen. Zuerst war vor lauter Tränen gar nichts zu erkennen. Dann aber kommen Wolken angeschwebt, werden zu Figuren, alles, was man sich einfallen läßt. Die Wolken wissen, daß es dir nicht sehr gut geht, daß du fortlaufen willst oder wegfliegen, damit dich niemand mehr findet und keiner aus dem Seufzen und Stöhnen herauskommt, jetzt ist er weg, dieser Bengel, ob wir den je wiedersehen. Und damit es dazu nicht kommt, damit du nirgendwohin läufst, sondern still liegenbleibst und der Anblick der Wolken dich tröstet, werden die Wolken jede beliebige Gestalt annehmen, was immer du wünschst. Aus ein und denselben Wolken konnten ganz unterschiedliche Dinge entstehen. Man mußte nur erkennen, was die Wolken darstellten.

Im Schilf war es still, und den Himmel verdeckte es auch nicht. So ein Schilf war das, und obendrein roch es warm nach Kiefernnadeln...

Er wußte noch eine ganze Menge über Pflanzen. Das silbrige Federgras, das hier auf der bei Hochwasser überschwemmten Wiese stand, sah er eher von oben herab an. Das waren sonderbare Figuren, diese Gräser da. Leichtfertige. Ihre seidenweichen Wedelchen können ohne Wind nicht leben. Sie warten nur darauf, von woher er weht, und dahin neigen sie sich. Und sie verneigen sich alle gleichzeitig, die ganze Wiese wie auf Kommando. Wenn es regnet oder ein Gewitter naht, wissen die Federgräser zunächst nicht, wohin sich wenden. Dann schaukeln sie hin und her, fallen um, schmiegen sich an die Erde. Wenn sie Beine hätten, würden sie wohl davonrennen, einfach so, ins Blaue hinein... Aber sie tun nur so. Sobald sich das Unwetter gelegt hat, überläßt sich das leichtfertige Federgras wieder dem Wind. Wohin der weht, dahin wehen auch sie...

Allein, ohne Freunde, lebte der Junge in Harmonie mit den einfachen Dingen, die ihn da umgaben, und allenfalls der fahrende Kaufladen konnte ihn bewegen, alles zu vergessen und sich ihm Hals über Kopf entgegenzustürzen. Was war das auch für ein Paradies auf Rädern! Das waren nicht Felsbrocken oder Gräser. Was es da nicht alles gab, in diesem Wagen!

Als der Junge zu Hause angerannt kam, rollte der Kaufladen gerade in den Hof ein. Die Häuser hier in der Forstsiedlung standen zum Fluß hin. Das Gelände hinter den Höfen fiel sanft zum Ufer ab, und auf der anderen Seite des Flusses stieg aus der zerklüfteten Schlucht steil der Wald bergan, so daß es nur eine einzige Zufahrt zur Siedlung gab, und die lag hinter den Häusern. Wäre der Junge nicht rechtzeitig dagewesen, hätte niemand gewußt, daß der Lieferwagen schon da war.

Von den Männern war um diese Zeit keiner zu sehen, alle waren seit dem frühen Morgen unterwegs. Die Frauen machten sich im Haushalt zu schaffen. An den weit offenstehenden Türen vorbeiflitzend, stieß er einen gellenden Schrei aus:

»Das Kaufladenauto ist da!«

Die Frauen gerieten in Unruhe. Sie stürzten los, um ihr heimlich beiseite geschafftes Geld zu suchen. Dann kamen sie herausgerannt, die eine überholte die andere. Sogar die Großmutter hatte ein lobendes Wort für ihn:

»Deine Augen müßte man haben!«

Der Junge fühlte sich geschmeichelt, als hätte er selbst den Lieferwagen herbeigelotst. Er war glücklich, weil er ihnen die frohe Botschaft gebracht hatte, weil er mit ihnen zusammen auf den Hof gerannt kam und sich mit ihnen zusammen vor der aufgesperrten Tür des Lieferwagens drängen durfte. Doch hier hatten die Frauen ihn auch schon vergessen. Sie hatten Besseres zu tun. Da gab's so vieles, man wußte gar nicht, wo man zuerst hinschauen sollte. Sie waren zu dritt: Großmutter, Tante Bekej, die Schwester seiner Mutter und Frau des wichtigsten Mannes im Naturschutzgebiet, des berittenen Forstaufsehers Oroskul, und die Frau des Hilfsarbeiters Sejdachmat, die junge Güldschamal, mit der kleinen Tochter auf dem Arm. Nur drei Frauen. Aber die machten einen derartigen Spektakel, wühlten und kramten dermaßen in den Auslagen herum, daß der Verkäufer sie auffordern mußte, sich der Reihe nach anzustellen und nicht alle durcheinander zu krakeelen.

Tiefen Eindruck aber machten seine Worte nicht. Zuerst faßten sie eins nach dem andern an, dann suchte sich jede von ihnen etwas aus, um es dann doch wieder zurückzugeben. Sie legten Sachen beiseite, hielten sie sich an, zankten, zauderten und stellten immer wieder die gleichen Fragen. Das gefiel ihnen nicht, das war ihnen zu teuer, das hatte nicht die richtige Farbe. Der Junge stand abseits. Es wurde ihm langweilig. Die Erwartung, etwas Ungewöhnliches könne sich ereignen, war weg, weg war auch die Freude, die ihn erfüllte, als er den Lieferwagen auf dem Berg entdeckt hatte. Der Wagen war auf einmal ein ganz gewöhnliches Auto, vollgestopft mit einem Haufen Zeugs.

Der Verkäufer runzelte die Stirn: Die Weiber hier machten ja keine Anstalten, irgendwas zu kaufen. Und dafür war er nun so weit durch die Berge gekarrt?

So war es. Die Frauen traten eine nach der andern

zurück, ihre Kauflust war dahin, es schien sogar, als seien sie müde geworden. Sie glaubten, sich rechtfertigen zu müssen, voreinander und vor dem Verkäufer. Als erste klagte die Großmutter über Geldmangel. Kein Geld auf der Hand, hieß, auf die Ware verzichten. Tante Bekej mochte sich ohne ihren Mann zu einem größeren Kauf nicht entschließen. Tante Bekej war die unglücklichste Frau der Welt, weil sie keine Kinder hatte und weil Oroskul sie deshalb verprügelte, wenn er betrunken war, und deshalb litt auch Großvater sehr, denn Tante Bekej war seine Tochter. Tante Bekej kaufte irgendwelchen Kleinkram und zwei Flaschen Wodka. Das hätte sie nicht tun sollen, dadurch wurde doch alles nur noch schlimmer. Die Großmutter konnte sich darum den entsprechenden Kommentar auch nicht versagen:

»Was lädst du dir das Unheil auch noch selbst auf?« zischelte sie leise, damit der Verkäufer sie nicht hörte.

»Ist doch wohl meine Sache«, fuhr Tante Bekej ihr über den Mund.

»Dumme Gans«, zankte die Großmutter leise weiter, doch schadenfroh. Wäre der Verkäufer nicht dagewesen, ach, wie hätte sie Tante Bekej abgekanzelt! Immer lagen die beiden einander in den Haaren!

Die junge Güldschamal rettete die Situation. Umständlich erklärte sie dem Verkäufer, daß ihr Sejdachmat doch bald in die Stadt müsse, und da würde er das Geld noch nötig brauchen, deshalb könne sie jetzt auch nichts ausgeben. So drückten sie sich also um den Lieferwagen herum, kauften Groschenware, wie der Verkäufer sich ausdrückte, und schließlich ging eine jede ins Haus zurück. Und das nannte sich nun Handel treiben! Er spuckte den Frauen hinterher und machte sich daran, die zerwühlten Waren zu sortieren, um sich endlich wieder ans Steuer setzen und losfahren zu können. Da sah er den Jungen.

»Was willst denn du noch hier, du Segelohr?« fragte er. Der Junge hatte nun mal abstehende Ohren, einen dünnen Hals und einen großen runden Kopf. »Willst du was kaufen? Dann beeil dich. Ich mach nämlich gleich zu. Geld hast du doch? Oder?«

Das hatte der Verkäufer so dahingesagt, ohne etwas zu bezwecken, der Junge aber antwortete treuherzig:

»Nein. Ich hab kein Geld, Onkel«, und schüttelte den Kopf.

»Glaub ich nicht. Du hast bestimmt welches«, sagte der Verkäufer mit gespieltem Mißtrauen. »Ihr seid hier doch alle steinreich, ihr macht nur auf arm. Und in deiner Hosentasche da, hast du da etwa kein Geld drin?«

»Nein, Onkel«, sagte der Junge aufrichtig und ernst und drehte eine Hosentasche um. Die andere war zugenäht.

»Ach, dann ist dir das Geld rausgefallen. Such mal da nach, von wo du hergerannt bist. Wirst es schon finden.«

Beide schwiegen.

»Zu wem gehörst du eigentlich, he?« fragte der Verkäufer. »Bist wohl dem alten Momun seiner, was?«

Der Junge nickte.

»Bist wohl sein Enkelsohn?«

»Ja.« Wieder nickte der Junge.

»Und deine Mutter? Wo ist die?«

Der Junge sagte nichts. Darüber wollte er nicht reden.

»Läßt wohl nichts von sich hören, deine Mutter. Kennst sie wahrscheinlich nicht mal, was?«

»Weiß nicht.«

»Und dein Vater? Kennst du den wenigstens?«

Der Junge sagte nichts.

»Was ist los mit dir, Freundchen? Weißt aber auch gar nichts«, hielt der Verkäufer ihm scherzhaft vor. »Na egal. Kann man nichts machen. Hier«, er holte eine Handvoll Bonbons hervor. »Und laß es dir gutgehen.«

Da genierte sich der Junge.

»Komm, nimm schon, und halt mich nicht auf. Ich muß los.«

Der Junge steckte die Bonbons ein und nahm sich vor, dem Lieferwagen hinterherzurennen und ihn bis zur Straße zu begleiten. Er rief Baltek zu sich, dieses schrecklich faule, struppige Hundevieh. Oroskul drohte immer wieder, ihn zu erschießen: was sollen wir uns mit so einem Köter abgeben. Und jedesmal bettelte Großvater, noch ein bißchen abzuwarten, schließlich könne man sich doch erst mal einen Schäferhund anschaffen und Baltek dann irgendwohin verfrachten und zurücklassen. Baltek war das alles gleichgültig. Der schlief, wenn er satt war, und wenn er Hunger hatte, scharwenzelte er um jeden herum, ob es nun seine Leute waren oder sonstwer, wenn die ihm nur was hinwarfen. So einer war Baltek. Manchmal rannte er aus Langeweile einem Auto nach. Allerdings nicht weit. Nahm bloß mal eben Anlauf, drehte dann ab und kam wieder nach Hause geschlichen. Als Hund nicht zu gebrauchen. Trotzdem war es hundertmal schöner, mit Hund zu rennen als ohne Hund. Ganz gleich was für einer, Hauptsache ein Hund...

Vorsichtig, der Verkäufer brauchte das ja nicht zu sehen, warf der Junge seinem Baltek ein Bonbon hin. »Paß bloß auf«, warnte er, »diesmal laufen wir aber länger hinterher.« Baltek winselte kurz auf und wedelte mit dem Schwanz, er wollte noch eins. Aber der Junge konnte sich nicht entschließen, ihm noch ein Bonbon hinzuwerfen. Womöglich hätte es der Verkäufer übelgenommen. Schließlich hatte er die Handvoll nicht für einen Hund hergegeben.

Auf einmal war Großvater da. Der Alte war zu seinen Bienenkörben geritten, und von da hatte er nicht sehen können, was sich hinter den Häusern abspielte. Und so war Großvater gerade noch rechtzeitig gekommen, bevor der fliegende Händler vollends weg war. Zufall. Sonst hätte der Enkel eben keine Schultasche bekommen. An diesem Tag hatte der Junge wirklich Glück.

Den alten Momun, von Lästermäulern der Allzeitbereite genannt, kannten hier in der Gegend alle, und auch er kannte alle. Den Spitznamen hatte Momun seiner unerschütterlichen Hilfsbereitschaft zu verdanken, die er allen entgegenbrachte, die er auch nur von fern kannte. Für wen auch immer, allzeit war er zu einer guten Tat bereit. Es war nur niemand da, der seine Taten geschätzt hätte – wie auch das Gold, wird es erst einmal überall verteilt, bald an Wert verliert. Keiner brachte Momun den Respekt entgegen, den andere in seinem Alter genießen. Bei ihm machte man keine Umstände. Beim üppigen Leichenschmaus für einen würdigen Greis aus dem Stamm der Bugu, auch Momun war ein Bugu-Mann, worauf er äußerst stolz war und weshalb er sich auch nie eine Totenfeier für einen seiner verstorbenen Stammesbrüder entgehen ließ, trug man ihm auf, das Vieh zu schlachten, die Ehrengäste in Empfang zu nehmen, ihnen aus dem Sattel zu helfen, ihnen den Tee zu reichen, oder auch bloß Holz zu hacken oder Wasser zu holen. Jedenfalls gibt es bei den großen Totenfeiern, zu denen Gäste aus allen Himmelsrichtungen angereist kommen, alle Hände voll zu tun, wie sollte es anders sein. Was auch immer Momun aufgetragen wurde, es ging ihm leicht von der Hand, und vor allem, er drückte sich nicht, wie die anderen. Die jungen Frauen aus dem Ail, die solch ein Heerlager von

Gästen zu begrüßen und zu beköstigen hatten, sagten, wenn sie Momun bei der Arbeit sahen:

»Wo wären wir ohne unsern allzeitbereiten Momun!«

Und so konnte es vorkommen, daß der Alte, der mit seinem Enkel selbst eben erst von weither angeritten kam, in die Rolle des Handlangers geriet, der als einfacher Dschigit den Samowar zu versorgen hatte. Jeder andere wäre bei einer solchen Kränkung aus der Haut gefahren, nur Momun nicht!

Daß der alte allzeitbereite Momun die Gäste bewirtete, verwunderte niemanden mehr, dazu war Momun ja zu lange schon da, sein ganzes Leben lang. Er selbst war schuld, daß er der Allzeitbereite war. Und erkundigte sich mal einer von denen, die ihn nicht kannten, erstaunt, warum er als alter Mann für die Frauen den Laufburschen mache und ob im Ail die jungen Kerle ausgestorben seien, dann sagte Momun: »Der Verstorbene war mein Bruder. Wer soll denn sonst bei seiner Totenfeier mitanpacken, wenn nicht ich? Dafür stammen wir Bugus doch alle von derselben Urmutter ab, der Gehörnten Hirschkuh. Und sie, die Wundertäterin und Hirschmutter, hat uns Freundschaft aufgetragen im Leben und nach dem Tode...«

So war er, der allzeitbereite Momun!

Jung und Alt sagte du zu ihm. Man konnte ihn zum besten halten, der Alte nahm nichts übel; man konnte ihn getrost übersehen, der Alte duldete es. Nicht umsonst heißt es, daß die Menschen dem nicht verzeihen, der es nicht versteht, sich beizeiten Respekt zu verschaffen. Das aber verstand er nicht.

Er hatte wirklich Ahnung von praktischen Dingen. Er konnte zimmern, Sättel machen und Heuschober errichten; in früheren Jahren hatte er in der Kolchose Heuschober aufgestellt, daß es einem leid tat, sie im Winter anzustechen. Regen perlte von ihnen ab wie Wasser von der Gans, und der Schnee wölbte sich als Satteldach darüber. Im Krieg hatte er als Bausoldat in Magnitogorsk Fabrikmauern hochgezogen, war als Stachanowarbeiter gepriesen worden. Als er zurückkam, hatte er hier im Naturschutzgebiet Häuser gezimmert und sich um den Wald gekümmert. Obwohl offiziell als Hilfsarbeiter geführt, war er es, der den Wald in seine Obhut nahm, während sein Schwiegersohn Oroskul überwiegend Besuche abstattete. Nur wenn sich seine Obrigkeit überraschend einstellte, war Oroskul zur Stelle und präsentierte seinen Wald, richtete eine Jagd aus, da war er der Herr. Nach dem Vieh sehen und die Imkerei unterhalten war Momuns Sache. Sein Leben lang, von morgens bis abends, hatte Momun für die Arbeit gelebt und sich alles aufgeladen, sich aber den nötigen Respekt zu verschaffen, das hatte er nicht gelernt.

Auch rein äußerlich war Momun alles andere als ein graubärtiger Ältester. Nicht würdevoll, keine Wichtigtuerei, nichts Gestrenges. Ein Gutmütiger war er, und diese undankbare Menscheneigenschaft war ihm auf den ersten Blick anzusehen. Solchen Menschen versucht man zu allen Zeiten beizubringen: »Sei nicht gut, sei böse! Du steckst sonst immer nur ein. Sei böse!« Er aber blieb zum eigenen Schaden ein unverbesserlich guter Mensch. Dieses ewige Lächeln in seinem von zahllosen Falten durchfurchten Gesicht, und seine Augen fragten unablässig: »Brauchst du irgendwas? Möchtest du, daß ich etwas für dich tue? Brauchst nur zu sagen, was du willst.«

Seine weiche Entennase sah aus, als hätte sie überhaupt keinen Knorpel. Auch war er insgesamt zu kurz geraten, so ein trippelndes Alterchen, reichte knapp an einen Halbwüchsigen heran.

Oder sein Bart. Mit dem war auch kein Staat zu machen. Einfach zum Lachen. Von seinem nackten Kinn hingen ein paar rötliche Fransen herab, und das nannte sich nun Bart.

Manchmal sieht man noch einen von diesen stattlich alten Männern die Straße hinabreiten, ein Bart wie ein Getreidebüschel, in einem weiten Pelz mit ausladendem Lammfellkragen, eine teure Pelzmütze auf dem Kopf, dazu noch auf einem guten Pferd, der Sattel mit Silber beschlagen, fast wie ein Weiser, ein Prophet, sich vor so einem zu verneigen ist keine Schande, dem gilt überall Achtung! Bei ihm dagegen hatte es gerade noch bis zum allzeitbereiten Momun gereicht. Das einzige, was er vielen voraushatte, war wohl, daß er keine Angst hatte, sich vor anderen zu erniedrigen. Wenn er sich nicht richtig hinsetzte, wenn er was Falsches sagte, eine unpassende Antwort gab, wenn er nicht das richtige Lächeln aufsetzte, wenn er nicht richtig dies, nicht richtig das... und überhaupt... In dieser Hinsicht gehörte Momun, ohne selbst eine rechte Ahnung davon zu haben, zu den seltenen glücklichen Ausnahmen. Viele gehen nicht einmal so sehr an ihren Gebrechen zugrunde, als an ihrem sie von innen verzehrenden unersättlichen Verlangen, mehr zu scheinen, als sie sind. Wer wollte nicht als intelligent gelten, als würdig und schön, zugleich aber auch als gestreng, gerecht und zu allem entschlossen?

Momun war keiner von denen. Er war eben ein komischer Kauz und wurde dementsprechend behandelt.

Es gab nur eins, womit man Momun schwer kränken konnte: wenn man vergaß, ihn zum Familienrat einzuladen, wenn wieder eine Totenfeier ausgerichtet werden mußte... Dann war er ernsthaft gekränkt und trug lange diese Kränkung mit sich herum und nicht etwa, weil er übergangen worden war – denn bei den Beratungen hatte er ohnedies nichts zu beschließen, er war einfach nur zugegen –, sondern weil die Ausübung einer alten Pflicht verhindert worden war.

Momun hatte auch seine Sorgen und Nöte, unter denen er litt, deretwegen er nächtelang weinte. Die meisten ahnten nichts davon. Die ihm Nahestehenden aber wußten es.

Als Momun seinen Enkel vor dem Lieferwagen sah, begriff er sofort, daß der Kleine Kummer hatte. Weil der Händler aber von weither kam, wandte der Alte sich zuerst an ihn. Er ließ sich flink aus dem Sattel gleiten und streckte dem Verkäufer gleich beide Hände entgegen.

»As-Salam Aleikum, großer Kaufmann!« sagte er halb im Scherz, halb ernsthaft. »Hast du deine Karawane wohlbehalten in sichere Gefilde gelenkt? Gehen deine Geschäfte gut?« Über das ganze Gesicht strahlend schüttelte Momun dem Verkäufer die Hand. »Wieviel Wasser ist schon dahingeflossen, seit wir uns das letzte Mal gesehen haben! Sei uns willkommen!«

Der Verkäufer lächelte herablassend über die Worte des Alten und sein häßliches Äußeres, immer noch dieselben ausgelatschten Stulpenstiefel, die Drillichhose, die ihm seine Alte genäht hatte, die abgewetzte Anzugjacke, der von Regen und Sonne braun gewordene Filzhut. Er sagte zu Momun:

»Die Karawane ist heil angekommen. Nur wie es aussieht, verkriecht ihr euch, wenn schon mal ein Kaufmann zu euch findet, in die umliegenden Wälder und Täler. Und euren Frauen schärft ihr ein, den letzten Groschen zu hüten wie die Seele vor dem Tod. Euch hier kann man mit Waren geradezu überschütten, und ihr gebt trotzdem keine Kopeke aus.«

»Übe Nachsicht mit uns, mein Teurer«, entschuldigte sich Momun bestürzt. »Wenn wir gewußt hätten, daß du kommst, wären wir nicht alle weggeritten. Und daß wir kein Geld haben, du weißt doch, wo nichts ist, da hat auch der Kaiser sein Recht verloren. Im Herbst, wenn wir erst unsere Kartoffeln verkauft haben...«

»Erzähl mir doch nichts!« fiel ihm der Verkäufer ins Wort. »Ich kenn euch doch. Verruchte Feudalherrengesellschaft. Sitzt in den Bergen, habt Grund und Boden, Weiden in Hülle und Fülle. Und lauter Wald ringsum, nicht mal in drei Tagen fährt man da durch. Du hältst doch Vieh, oder? Hast auch Bienenkörbe? Aber mit jeder Kopeke geizen. Kauf doch mal die Seidendecke hier. Oder die Nähmaschine. Ist bloß noch eine da...«

»Bei Allah! Ich hab das Geld nicht dazu«, rechtfertigte sich Momun.

»Und das soll ich dir glauben? Du alter Geizkragen hortest das Geld. Und wozu das alles?«

»In Gottes Namen, du irrst! Ich schwör's dir bei der Gehörnten Hirschkuh!«

»Na gut, dann nimm den Samt hier. Läßt dir ein paar neue Hosen schneidern.«

»Ich tät ihn ja nehmen, ich schwör's bei der Gehörnten Hirschkuh!«

»Ach Mann, was rede ich überhaupt noch mit dir«, knurrte der Verkäufer und machte eine wegwerfende Handbewegung. »Hätt mir die Fahrt hierher schenken können. Wo ist denn Oroskul?«

»Ist schon seit der Früh unterwegs, den Aksay zu

inspizieren. Da gibt es bei den Hirten was Dienstliches zu tun.«

»Der ist wohl eher auf Sauftour«, erwiderte der Händler forsch.

Es entstand peinliches Schweigen.

»Nimm's uns nicht übel, mein Guter«, setzte Momun noch einmal an. »Im Herbst, wenn wir mit Gottes Hilfe erst unsere Kartoffeln verkaufen...«

»Bis zum Herbst ist es noch lang...«

»Laß gut sein und nimm es nicht krumm. Komm doch auf einen Tee herein.«

»Deshalb bin ich nicht hier«, lehnte der Verkäufer ab.

Er machte Anstalten, die Tür seines Kastenwagens zu schließen und sah zu dem Jungen hinüber. Der stand startbereit neben dem Alten, hielt seinen Hund am Ohr, um mit ihm hinter dem Wagen herzurennen. Der Krämer sagte noch wie von ungefähr:

»Hör zu, kauf wenigstens die Schultasche. Das Bürschchen da müßte doch längst zur Schule. Wie alt ist er denn?«

Momun gefiel die Idee sofort: Dann würde er diesem dreisten Händler wenigstens etwas abkaufen, und der Junge konnte die Schultasche wirklich gebrauchen, diesen Herbst kam er in die Schule.

»Hast recht«, stimmte Momun eilig zu. »Ich hab gar nicht dran gedacht. Stimmt, der ist jetzt sieben, schon im achten Lebensjahr. Komm doch mal her«, rief er den Enkel.

Der Großvater kramte schon in seinen Hosentaschen und förderte einen versteckten Fünfrubelschein zutage.

Den trug er wahrscheinlich schon lange mit sich herum, zerdrückt wie der war.

»Da, nimm, du Segelohr.« Der Verkäufer zwinkerte dem Jungen verschmitzt zu und reichte ihm die Tasche hinüber. »So. Und jetzt lern schön. Wenn du nicht richtig lesen und schreiben lernst, bleibst du ewig mit dem Großvater hier in den Bergen hokken.«

»Der wird es schon lernen. Das ist doch mein Schlaukopf«, sagte Momun, als er das Wechselgeld zählte.

Er sah sich seinen Enkel an, wie der die nagelneue Schultasche noch ungelenk in der Hand hielt und drückte ihn an sich.

»Jetzt ist alles gut. Gehst im Herbst zur Schule«, sagte er leise. Die harte, schwere Hand des Großvaters war ganz weich, als sie sich auf den Kopf des Jungen legte.

Und der hatte auf einmal einen Kloß im Hals, als ihm bewußt wurde, wie mager der Großvater doch war, er spürte den vertrauten Geruch seiner Kleidung. Nach warmem Heu und dem Schweiß eines arbeitenden Mannes roch es da. Dieser treue, verläßliche, innig vertraute, vielleicht einzige Mensch weit und breit, der den Jungen von ganzem Herzen liebte, war eine Seele von Mensch, so ein leicht verschrobener Alter, der bei den ganz Schlauen nur der allzeitbereite Momun hieß... Na und? Auch nicht tragisch. Immerhin war es sein eigener Großvater.

Der Junge hatte nicht geahnt, daß seine Freude so groß sein würde. Bisher hatte er noch nicht an die Schule gedacht. Immer nur Kinder gesehen, die zur Schule gingen, da drüben, hinter den Bergen in den Dörfern am Issyk-Kul, wo Großvater und er hingeritten waren, um bei den Totenfeiern für angesehene Bugus dabeizusein. Doch von nun an waren der Junge und die Schultasche unzertrennlich. Jubelnd und prahlend lief er augenblicklich von einem Bewohner der Forstsiedlung zum nächsten. Zuerst zeigte er sie der Großmutter: Schau mal. Hat der Großvater mir gekauft! Dann Tante Bekej, auch sie freute sich über die Schultasche und lobte den Jungen.

Es kam selten vor, daß Tante Bekej gut aufgelegt war. Meist war sie traurig oder gereizt und nahm den Neffen nicht wahr. Er konnte ihr gestohlen bleiben. Sie hatte an ihrem eigenen Leid schwer genug zu tragen. Die Großmutter sagte immer: Ja, wenn sie Kinder hätte, dann wär sie eine ganz andere Frau. Und Oroskul, ihr Mann, der wär auch ein anderer Mensch. Und dann wär auch Großvater Momun ein ganz anderer Mensch und nicht so, wie er jetzt ist. Na schön, die beiden Töchter hatte er ja immerhin, Tante Bekej und die andere da, die Mutter des Jungen, die jüngere Tochter, und trotzdem war es schlimm, schlimm war's, wenn einer keine Kinder hatte, noch schlimmer aber, wenn die Kinder keine Kinder hatten. Das sagte die Großmutter immer wieder. Daraus sollte nun einer schlau werden.

Nach Tante Bekej lief der Junge zu Güldschamal und ihrer kleinen Tochter, um ihnen die Schultasche zu zeigen. Und von dort sprang er die Heuwiese zu Sejdachmat hinunter. Wieder lief er am roten Kamel-Stein vorbei, und wieder hatte er keine Zeit, ihm auf den Höcker zu klopfen, vorbei am Sattel, vorbei an Wolf und Panzer, und dann immer weiter am Ufer entlang, den Pfand hinunter und am Sanddornbusch vorbei, über den langen abgemähten Streifen kam er die Wiese hinunter auf Sejdachmat zugerannt.

Sejdachmat war heute allein hier. Großvater hatte sein Stück Wiese längst abgemäht und das von Oroskul gleich mit. Und das Heu hatten sie auch schon eingebracht, die Großmutter und Tante Bekej hatten es zusammengeharkt. Momun hatte es aufgeschichtet, und er hatte seinem Großvater geholfen und das Heu zum Karren geschleppt. Zwei Heuschober hatten sie neben dem Kuhstall aufgestellt. Großvater waren sie wieder so vorbildlich gelungen, daß sie jedem Regen standhielten. Glatt waren sie, wie gekämmt. Und so war das jedes Jahr. Oroskul mäht doch kein Heu, er wälzt alles auf den Schwiegervater ab, immerhin ist er hier der Chef. »Wenn ich will«, hatte er mal gesagt, »seid ihr in Nullkommanichts entlassen.« Das war an Großvaters und Sejdachmats

Adresse gerichtet. Und auch nur im Suff. Großvater würde er jedenfalls nie fortjagen. Wer würde denn dann noch arbeiten? Das sollte er mal ausprobieren, ohne Großvater! Wieviel Arbeit es allein im Wald gab, besonders im Herbst. Großvater sagte mal: »Der Wald ist zwar keine Schafherde, die dauernd auseinanderläuft, aber trotzdem muß ich auf ihn genauso aufpassen. Laß ein Feuer ausbrechen oder eine Schlammlawine niedergehen, der Baum springt nicht zur Seite, verläßt den Ort nicht, er stirbt dort, wo er steht. Und dafür ist der Förster da, damit kein einziger Baum umkommt.« Auch den Sejdachmat würde Oroskul nicht hinausschmeißen, weil der so friedfertig ist. Hält sich aus allem raus, fängt keinen Streit an. Ein Prachtkerl eben, friedfertig und gesund, dafür aber legte er sich gern mal auf die faule Haut, schlief ein Weilchen. Er hatte es ja auch so eingerichtet, daß er in die Försterei kam. Der Großvater sagt: »So junge Kerls wie der halten in der Sowchose den Maschinenpark in Gang. Die kommen, wenn gepflügt wird, gar nicht vom Trekker runter.« Und Sejdachmat hatte in seinem Gemüsegarten die Kartoffeln mit Melde zuwachsen lassen. Güldschamal mußte mit der Kleinen auf dem Arm selbst mit dem Garten zurechtkommen.

Auch die Heumahd schob Sejdachmat wieder vor sich her. Vorgestern hatte Großvater mit ihm geschimpft.

»Vergangenen Winter«, hatte er gesagt, »hast nicht du mir leid getan, sondern das Vieh. Deshalb hab ich dir von meinem Heu gegeben. Solltest du wieder auf das Heu zählen, das ich alter Mann gemäht habe, dann sag's gleich, und ich mähe für dich mit.« Das hatte gewirkt, seit heute morgen schwang Sejdachmat die Sense.

Als Sejdachmat hinter sich flinke Schritte näherkommen hörte, drehte er sich um und wischte sich mit dem Hemdärmel den Schweiß ab.

»Du? Wollen die was von mir?«

»Nein. Hier guck mal, ich hab eine Schultasche. Hat Großvater mir gekauft. Ich geh doch bald zur Schule.«

»Und deswegen kommst du angerannt?« Sejdachmat lachte laut auf. »Großvater Momun ist so einer«, er bohrte sich den Zeigefinger in die Schläfe. »Und du nicht anders. Zeig mal die Tasche her!« Er ließ das Schloß aufschnappen, drehte die Schultasche hin und her, gab sie zurück und schüttelte spöttisch den Kopf. »Moment mal«, rief er, »in was für eine Schule willst du denn gehen? Wo ist die überhaupt, deine Schule?«

»Wieso? In die Dorfschule.«

»Nach Dschelesaj willst du?« wunderte sich Sejdachmat. »Dahin sind es mindestens fünf Kilometer über den Berg, wenn nicht mehr.«

»Großvater hat gesagt, er bringt mich auf dem Pferd hin.«

»Jeden Tag hin und zurück? Der spinnt doch, der Alte. Zeit wird's, daß er selbst in die Schule geht. Mit dir zusammen die Schulbank drückt, und ist die Schule aus, geht's zurück nach Hause!« Sejdachmat bog sich vor Lachen. Wirklich zu komisch, wenn man sich vorstellt, wie Großvater Momun sich neben seinem Enkel in die Schulbank quetscht.

Der Junge schwieg betreten.

»Hab ich doch bloß so zum Spaß gesagt«, lenkte Sejdachmat ein.

Er versetzte dem Jungen einen leichten Nasenstüber und zog ihm den Schirm von Großvaters Dienstmütze über die Augen. Momun setzte die Uniformmütze von der Forstdirektion nie auf, war ihm irgendwie peinlich. (»Bin ich vielleicht einer von diesen hohen Herren oder was? Meine Kirgisenmütze tausch ich niemals gegen eine andere ein.«) Auch im Sommer trug Momun den vorsintflutlichen Filzhut, einen ehemals weißen Ak-Kalpak, mit inzwischen fadenscheinigem schwarzem Satin abgesetzt, und im Winter hatte er die nicht weniger steinzeitliche Schafsfellmütze auf dem Kopf. Die grüne Uniformmütze, die ihm als Waldarbeiter zustand, hatte er seinem Enkel vermacht.

Dem Jungen gefiel es nicht, daß Sejdachmat die Nachricht so spöttisch aufgenommen hatte. Mit finsterer Miene rückte er den Mützenschirm in die Stirn zurück, und als Sejdachmat wieder nach seiner Nase langte, drehte er den Kopf weg und knurrte:

»Laß das!«

»Sieh dir das an, auch noch verärgert!« lachte Sejdachmat spöttisch. »Sei doch nicht gleich beleidigt. Deine Schultasche ist genau das Wahre. So«, er klopfte ihm auf die Schulter, »und jetzt troll dich. Ich muß hier noch eine Menge Heu machen.«

Sejdachmat spuckte in die Hände und widmete sich wieder seiner Sense.

Der Junge lief schleunigst nach Hause, und zwar wieder auf dem Pfad, den er gekommen war, und ohne anzuhalten, an seinen Findlingen vorbei. Vorläufig war er zu beschäftigt, als daß er sich mit den Steinen hätte abgeben können. So eine Aktentasche war schon eine ernste Sache.

Er führte gern Selbstgespräche. Nur diesmal sprach er nicht mit sich selbst, sondern zu seiner Schultasche: »Glaub ihm kein Wort. Mein Großvater ist überhaupt nicht so. Er ist kein bißchen hinterlistig, und deshalb machen die sich über ihn lustig. Weil er kein bißchen schwierig ist. Natürlich bringt er uns beide zur Schule. Wo die Schule ist, willst du wissen? Ist gar nicht so weit. Zeig ich dir. Wir sehen sie uns vom Karaul-Berg aus durchs Fernglas an. Und dann zeig ich dir noch meinen weißen Dampfer. Zuerst müssen wir nur mal schnell in den Schuppen. Da hab ich mein Fernglas versteckt. Eigentlich müßte ich ja auf das Kälbchen aufpassen, aber ich lauf jedesmal weg und guck mir lieber den weißen Dampfer an. Unser Kälbchen ist schon groß, wenn das anzieht, das hältst du nicht, und seit neustem trinkt's wieder die Milch von seiner Mutter. Und das ist unsere Kuh, seine Mutter.

Und der tut es um ihre Milch nicht leid. Verstehst du? Den Müttern tut es um gar nichts leid. Das sagt Güldschamal immer, und die hat ein Töchterchen ... Jetzt melken sie bald die Kuh, und wir können das Kälbchen auf die Weide treiben. Und dann klettern wir auf den Karaul-Berg und gucken uns von da oben den weißen Dampfer an. Mit dem Fernglas red ich auch immer. Jetzt sind wir zu dritt, das Fernglas, du und ich.«

So kam er nach Hause zurück. Es machte ihm Spaß, mit seiner Schultasche zu reden. Er hätte gern noch weiter so reden und von sich erzählen wollen, was die Schultasche noch nicht wußte, aber er wurde daran gehindert. Von der Seite her tönte Hufgetrappel. Unter den Bäumen kam jemand auf dem Apfelschimmel hervorgeritten. Oroskul. Auch er auf dem Weg nach Hause. Der Apfelschimmel Alabasch, den nur er reiten durfte, trug den Paradesattel mit den kupfernen Steigbügeln und dem klingenden Silbergehänge am Brustgurt.

Der Hut war Oroskul in den Nacken gerutscht und gab eine gerötete, niedrig behaarte Stirn frei. In der Hitze hatte ihn der Schlummer übermannt. Er konnte reiten und dabei schlafen. Seine Uniformjacke aus Baumwollsamt, eine mißlungene Nachbildung jener, die in der Rayonverwaltung getragen wurden, war der Länge nach aufgeknöpft. Das weiße Hemd hing ihm vorn aus der Hose heraus. Er war satt und bezecht. Vor kurzem noch hatte er sich irgendwo bewirten lassen, Kumys getrunken und Fleisch in sich hineingestopft.

Mit dem Auftrieb der Herden auf die Sommerweiden kam es öfter vor, daß die Schaf- und Pferdehirten der Umgegend Oroskul zu sich baten. Er hatte alte Bekannte unter ihnen. Sie handelten jedoch nicht immer ganz uneigennützig, wenn sie ihn einluden. Oroskul war ein nützlicher Mann. Besonders, wenn einer gerade baute, selbst aber in den Bergen festsaß; er konnte schließlich die Herde nicht einfach im Stich lassen, und wo sollte man sonst Baumaterial auftreiben? Vor allem das Bauholz. Da mußte man Oroskul schon mal was spendieren, später konnte man sich dann im Wald ein paar schöne Stämme aussuchen. Tat man es nicht, konnte man mit seiner Herde durch die Berge wandern, und es dauerte eine Ewigkeit, bis man sein Haus fertig hatte...

Immer wieder im Sattel einnickend, kam Oroskul schwer und gewichtig geritten, die Spitzen seiner Chromlederstiefel staken nachlässig in den Steigbügeln.

Fast wäre er vor Überraschung vom Pferd gefallen, als der Junge auf ihn zugerannt kam und seine Schultasche schwenkte:

»Onkel Oroskul, ich habe eine Schultasche! Ich komm bald in die Schule, guck mal, und die Tasche hab ich schon.«

»Scher dich...«, schimpfte Oroskul und zog erschrocken die Zügel an.

Aus blutunterlaufenen Augen sah er benommen auf den Jungen herab.

»Wo kommst denn du auf einmal her?«

»Ich bin auf dem Weg nach Haus. Ich hab eine Tasche, die habe ich Sejdachmat gezeigt, und jetzt geh ich nach Haus«, erwiderte der Junge mit schwacher Stimme.

»Schon gut, geh spielen«, knurrte Oroskul, schwankte im Sattel und ritt weiter.

Was scherten ihn schließlich diese blödsinnige Schultasche und das von den Eltern verlassene Balg, ein Neffe seiner Frau, wenn er selbst vom Schicksal so gestraft war, da Gott ihm einen Sohn von eigenem Fleisch und Blut versagte! Dabei beschenkte er doch andere mit Kindern, großzügig und ohne nachzuzählen.

Oroskul schniefte und tat einen Schluchzer. Wut und Selbstmitleid würgten ihn. Er tat sich selbst leid, weil sein Leben so spurlos an ihm vorüberlief, und er kochte vor Wut über seine unfruchtbare Frau. Es lag an ihr, der Verdammten, wieviel Jahre lief sie schon ohne was im Bauch rum...

Na dich werd ich gleich..., drohte Oroskul in Gedanken, ballte die massigen Fäuste und stöhnte unterdrückt auf, um nicht laut loszuheulen. Er wußte, er würde nach Hause kommen und sie schlagen. Das war jedesmal so, wenn Oroskul getrunken hatte. Ein Kerl wie ein Stier und vor Kummer und Wut wie von Sinnen.

Der Junge folgte ihm auf dem Pfad nach und staunte, als er Oroskul plötzlich aus den Augen verlor. Der Reiter schwenkte zum Fluß ab, rutschte aus dem Sattel, ließ die Zügel fahren und taumelte gekrümmt durchs hohe Gras davon. Oroskul ging, die Hände vor dem Gesicht, mit eingezogenem Kopf. Am Ufer ging er in die Hocke. Er schöpfte mit beiden Händen Wasser und spritzte es sich ins Gesicht.

Dem tut wahrscheinlich bloß der Kopf weh von der Hitze, beschloß der Junge, als er sah, was Oroskul da trieb. Er wußte nicht, daß Oroskul weinte und hilflos schluchzte. Er weinte, weil ihm nicht sein Sohn entgegengekommen war, und weil er es nicht über sich gebracht hatte, dem Jungen mit der Schultasche ein paar freundliche Worte zu sagen.

2

Vom Gipfel des Karaul-Berges aus hatte man einen ungehinderten Blick in die Runde. Auf dem Bauch liegend, gewöhnte der Junge seine Augen an das Fernglas. Es war ein starker Feldstecher. Damit war einst Großvater für lange treue Dienste im Naturschutzgebiet ausgezeichnet worden. Der Alte trug das Fernglas jedoch nicht gern mit sich herum. »Meine Augen sind auch nicht schlechter.« Dafür war sein Enkel um so versessener darauf. Diesmal war er mit Feldstecher und Schultasche auf seinen Berg gestiegen.

Zuerst hüpften die Gegenstände durcheinander und verschwammen in dem runden Bildausschnitt, dann wurden sie auf einmal scharf und blieben stehen. Das war immer der spannendste Augenblick. Der Junge hielt den Atem an, um die einmal gefundene Scharfeinstellung nicht zu verwackeln. Dann richtete er den Blick auf einen anderen Punkt, wieder war alles verwischt. Wieder mußte er an der Einstellung drehen.

Von hier oben konnte er alles überschauen. Bis zu den alles überragenden Schneegipfeln, höher als die war nur noch der Himmel. Hinter allen anderen Bergen standen sie, über allen Bergen und über der ganzen Welt. Und dann waren da Berge, nicht ganz so hoch wie die Schneeberge, das waren die Waldberge, unten mit Laubwald, weiter oben mit dunklem Tann bestanden. Und dann die Kungei-Berge, der Sonne zugewandt; auf deren Hängen wuchs nichts als Gras. Und dann kamen noch ein paar weniger hohe Berge in der Richtung, wo der See lag, bloß noch nackte Geröllhalden. Die Halden fielen ins Tal, und das führte zum See. Dort lagen auch die Felder, Gärten und Siedlungen ... Durch das Grün der Saatflächen schimmerte es an einigen Stellen schon gelb, bis zur Ernte würde es nicht mehr lange dauern. Winzige Autos flitzten wie Mäuse die Straße entlang und zogen lange Staubfahnen hinter sich her. Und ganz weit hinten am Ende der Welt, gerade noch zu erkennen, lag hinter einem Streifen Ufersand, die tiefblaue Wölbung des Sees. Der Issyk-Kul. Dort berührten sich Wasser und Himmel. Und danach kam nichts mehr. Starr und strahlend lag der See. Eine Einöde. Nur am Ufer regte sich kaum merklich Brandungsschaum.

Der Junge sah lange in diese Richtung. »Der weiße Dampfer ist noch nicht da«, sagte er zu seiner Schultasche. »Komm, wir gucken uns noch mal unsere Schule an.«

Von hier oben konnte man die benachbarte Talsenke hinter dem Bergrücken gut überblicken. Im Feldstecher war sogar das Garnknäuel zu erkennen, das die alte Frau, die vor ihrem Haus unterm Fenster saß, in den Händen hielt.

Die Talsenke von Dschelesaj hatten sie abgeholzt. Bloß vereinzelt waren noch ein paar alte einsame Kiefern stehengeblieben. Einst war hier Wald gewesen. Jetzt standen hier reihenweise mit Dachschiefer gedeckte Viehstallungen und überall Misthaufen. Hier züchteten sie das Jungvieh für die Milchfarm. Und nicht weit von den Viehstallungen entfernt schlängelte sich ein Feldweg die Anhöhe zu der Siedlung hinauf, in der die Viehzüchter wohnten. Ganz am Rand stand ein kleines, scheinbar verlassenes Haus. Das war die Vierklassenschule. Die älteren Schüler fuhren zum Schulbesuch in die Sowchose, gingen aufs Internat. Hier aber lernten die Kleinen.

In der Siedlung war der Junge schon mal mit seinem Großvater gewesen, beim Sanitäter, als ihm der Hals wehgetan hatte. Jetzt guckte er sich die kleine Schule durchs Fernglas ganz genau an, diesen Bau mit den braunen Dachziegeln, dem einsamen schiefen Ofenrohr und dem Sperrholzschild, auf dem von Hand geschrieben »Mektep« stand. Er konnte zwar nicht lesen, dachte sich aber, daß nur dieses eine Wort da stehen konnte. Im Fernglas war alles unwahrscheinlich genau zu erkennen, jede Kleinigkeit. Worte, in den Verputz geritzt, die geklebte Scheibe in der Fensterhöhlung, die durchgebogenen, rissigen Verandadielen. Er malte sich aus, wie er hier mit seiner Schultasche auftauchte, wie er seinen ersten Schritt durch diese Tür machen würde, vor der jetzt noch ein großes Schloß hing. Und dann, was wird hinter dieser Tür noch alles passieren?

Nachdem er sich die Schule lange genug angesehen hatte, ließ er seinen Feldstecher wieder über den See wandern. Hier war alles beim alten. Der weiße Dampfer ließ noch auf sich warten. Der Junge wandte dem See den Rücken zu, sah den Berg hinunter und legte das Fernglas zur Seite. Dort unten, unmittelbar beim Berg, schimmerte in der langgestreckten Talsohle silbern der Fluß, ein Wildwasser reich an Stromschnellen. Der Uferweg neben dem Fluß machte alle Windungen mit und verschwand mit dem Fluß zusammen hinter der nächsten Biegung der Schlucht. Das gegenüberliegende Ufer war abschüssig und von Wald bestanden. Hier fing der Waldpark von San Tasch an und ging bis hoch hinauf in die Berge, wo ewig Schnee lag. Die Kiefern schafften es höher hinauf als alle anderen. Zwischen Steinen und Schnee sträubten sie sich wie dunkle kleine Bürsten auf den Kämmen der Bergketten.

Spöttisch sah der Junge auf die Häuser, Schuppen und Bretterbauten im Hof der Forstsiedlung hinunter. Was waren das für armselige Bruchbuden von hier oben. Hinter der Siedlung weiter flußabwärts erkannte er auch seine Hinkelsteine wieder. Sie alle, das Kamel, den Wolf, den Sattel und den Panzer hatte er zum ersten Mal von hier oben, vom Karaul-Berg aus gesehen, durchs Fernglas. Und da hatte er ihnen auch gleich die Namen gegeben.

Mit einem verwegenen Lächeln stand er auf und schleuderte einen Stein in Richtung Hof. Natürlich fiel der weit davor auf dem Berg nieder. Der Junge setzte sich wieder hin und sah sich die Forstsiedlung durch das Fernglas noch einmal genauer an. Zuerst drehte er das Fernglas um, und alles wurde ganz klein. Die Häuser waren weit weggerückt, sie sahen wie niedliche Spielzeughäuschen aus. Die Findlinge wurden zu Kieselsteinen. Und Großvaters Staudamm im seichten Flußwasser war zu lachhafter Kleinheit geschrumpft und hätte mal eben einem Spatzen ans Knie gereicht. Der Junge lachte kurz auf, schüttelte den Kopf und setzte sein Fernglas schnell wieder richtig an. Seine geliebten Felsen, jetzt zu gigantischen Ausmaßen herangewachsen, schienen sich mit ihren Stirnen gegen das Glas seines Feldstechers zu stemmen. Das Kamel, der Wolf, der Sattel und der Panzer machten aber auch wirklich Eindruck: schartig, rissig, an den Flanken mit rostroten Flechten bewachsen. Vor allem sahen sie tatsächlich so aus wie das, was der Junge in ihnen sah: »So ein Riesending von Wolf! Und der Panzer erst, was für ein Panzer!«

Hinter den Findlingen lag im seichten Flußwasser Großvaters Staudamm. Durch das Fernglas war die Stelle am Ufer gut zu überblicken. Hierhin auf die breite Geröllbank kam das Wasser nur mal zwischendurch und schoß dann gleich wieder in Stromschnellen und über Untiefen aufschäumend im Flußbett mit seiner reißenden Strömung davon. An der seichten

Stelle reichte ihm das Wasser bis zu den Knien. Die Strömung aber war so stark, daß sie so ein Bürschchen wie ihn leicht hätte in den Fluß fortreißen können. Um nicht abgetrieben zu werden, klammerte er sich immer an der Purpurweide fest, die am Ufer stand, der Busch stand dicht am Uferrand, einige Zweige hingen über dem Trockenen, andere ließen sich vom Flußwasser umspielen. So gesichert sprang er ins Wasser. Aber was war das schon für ein Badevergnügen! Wie ein Pferd an der Leine. Und hinterher gab's auch noch Ärger. Dieses Geschimpfe! Die Großmutter fiel jedesmal über den Großvater her. »Wenn's den in den Fluß reißt, hat er sich's selbst zuzuschreiben. Ich jedenfalls mach keinen Finger krumm! Als würd ich nicht ohne den auskommen. Vater und Mutter haben ihn sitzenlassen. Und ich hab genug anderes am Hals. Kann mich nicht auch noch um den kümmern.«

Was sollte man dazu noch sagen? Sie war schon recht alt und müßte doch wissen, was sie da sagt. Dann tat einem der Junge auch wieder leid: Der Fluß war so nah, fast vor der Tür. Und die Alte mochte noch so viel zetern, der Junge sprang ja doch wieder rein. Damals hatte sich Momun entschlossen, auf der Sandbank einen Damm aus Steinen aufzuschichten, damit der Junge ungefährdet baden konnte.

Wie viele Steine der alte Momun hin und herschleppen mußte, und dabei suchte er sich immer die größeren aus, damit die Strömung sie nicht wegrollte.

Gegen seinen Leib gepreßt trug er sie und hatte sie, im Wasser stehend, einen auf den anderen gestapelt, und zwar so, daß das Wasser ungehindert zwischen den Steinen in das Bassin hineinfließen und ebenso ungehindert wieder zurückfließen konnte. Zum Lachen, wie er sich, spindeldürr, mit schütterem Bärtchen, in klatschnassen, an den Beinen klebenden Hosen den ganzen Tag mit diesem Staudamm abgeplagt hatte. Gegen Abend legte er sich hin, hustete und konnte den Rücken nicht mehr geradebiegen. Natürlich geriet Großmutter da außer sich: »Bei dem kleinen Tölpel sag ich ja schon nichts mehr, der ist nun mal klein. Aber was soll man bei einem ausgewachsenen Hornochsen wie dir sagen? Was zum Teufel mußtest du dich so übernehmen? Du gibst ihm zu essen und zu trinken, das reicht doch wohl, oder? Du läßt dich um den Finger wickeln. Das nimmt noch ein böses Ende!«

Was auch sonst noch alles gesagt worden sein mochte, der Staudamm auf der Sandbank war hervorragend. Jetzt konnte der Junge ohne Furcht baden. Er umklammerte einen Weidenzweig, kletterte das Ufer hinunter und sprang ins Wasser. Und immer mit offenen Augen. Mit offenen Augen deshalb, weil auch die Fische mit offenen Augen schwimmen. Sein Wunschtraum war, sich in einen Fisch zu verwandeln. Und wegzuschwimmen.

Während der Junge jetzt durch das Fernglas seinen Staudamm betrachtete, stellte er sich vor, wie er sich

Hemd und Hose auszog und nackt und fröstelnd ins Wasser stieg. In den Bergflüssen war das Wasser immer kalt, es verschlug einem erst mal den Atem, dann aber gewöhnte man sich daran. Er stellte sich vor, wie er sich an seinem Weidenzweig festhielt und kopfüber ins Wasser sprang. Wie ihm rauschend das Wasser über dem Kopf zusammenschlug, wie es ihm immer heißer über den Bauch strömt, Rücken und Beine entlang. Unter Wasser ersterben alle Geräusche der Außenwelt, und im Ohr bleibt nur noch das Murmeln der Flußkiesel zurück. Und er würde, die Augen weit aufgerissen, sich alles genau ansehen, was es da unter Wasser gab. Dann mußte er die Augen zusammenkneifen, weil es schon weh tat, aber er würde ein stolzes Lächeln zeigen und unter Wasser auch noch die Zunge rausstrecken. So, das galt der Großmutter. Damit sie wußte, daß er gar nicht ertrinkt und daß er auch kein bißchen Angst hat. Dann würde er den Zweig loslassen, und das Wasser trüge und triebe ihn, bis er sich mit den Füßen gegen die Steine von Großvaters Wehr stemmte. Länger konnte er auch den Atem nicht anhalten. Er würde aus dem Wasser schießen, ans Ufer klettern und wieder zu seinem Weidenbusch zurücklaufen. Und das viele Male. Wenn es nach ihm ginge, könnte er hundertmal am Tag in Großvaters Stauteich baden. Bis er sich schließlich wirklich in einen Fisch verwandelt hätte. Und er wollte unbedingt ein Fisch werden, komme, was da wolle...

Das Flußufer musternd, schwenkte er seinen Feldstecher zum Hof hinüber. Die Hühner, die Truthenne mit ihren Küken, das am Hackklotz lehnende Beil, der dampfende Samowar und all der andere Kleinkram auf dem Bauernhof kamen ihm so unwahrscheinlich groß vor, standen ihm so nah vor Augen, daß er unwillkürlich die Hand danach ausstreckte. Und hier sah er zu seinem Entsetzen auch sein im Fernglas zum Elefanten vergrößertes braunes Kälbchen, wie es in aller Ruhe die zum Trocknen aufgehängte Wäsche kaute. Es kniff verzückt die Augen zusammen, Speichel troff ihm von den Lippen, so wohl war ihm, wie es da vollmundig auf Großmutters Kleid herumkaute.

»Du dummes Kalb!« Das Fernglas vor Augen, stand der Junge auf und fuchtelte mit der freien Hand. »Hau ab da, hast du nicht gehört, du sollst da abhauen! Baltek! Baltek!« Im Fernglas war der Hund zu sehen, wie er sich vor dem Haus ausstreckte. »Nun schnapp doch zu! Los, schnapp zu!« kommandierte er in seiner Verzweiflung.

Baltek zuckte nicht mal mit den Ohren. Er lag da, als sei nichts gewesen.

Ausgerechnet jetzt kam die Großmutter aus dem Haus. Als sie sah, was sich hier abspielte, schlug sie die Hände zusammen. Sie ergriff einen Besen und stürzte auf das Kalb zu. Das Tier nahm Reißaus, die Großmutter ihm nach. Ohne sie aus den Augen zu lassen, hockte sich der Junge schnell wieder hin, damit man ihn hier oben nicht sah. Nachdem sie das Kalb verscheucht hatte, kehrte die Großmutter laut schimpfend zum Haus zurück, Zorn und schnelles Laufen ließen sie nach Luft ringen. Der Junge sah sie, als stünde er unmittelbar neben ihr. Er hielt sie als Großaufnahme fest, wie im Film, wenn nur noch das Gesicht gezeigt wird. Er sah ihre gelben, vor Wut verengten Augen. Er konnte sehen, wie dunkelrot ihr runzliges, zerfurchtes Gesicht jetzt war, und wie im Film, wenn auf einmal der Ton wegbleibt, bewegten sich im Fernglas Großmutters Lippen flink und lautlos und entblößten vereinzelt stehende Zähne. Was die Alte da keifte, war auf diese Entfernung nicht zu hören, der Junge aber konnte jedes Wort so klar und deutlich verstehen, als stünde sie neben seinem Ohr. Wie sie zeterte! Er kannte den Sermon schon auswendig: »Na warte. Kommst schon noch wieder. Und dann kannst du dein blaues Wunder erleben! Und mit dem Alten red ich kein Wort mehr. Wie oft hab ich dem schon gesagt, er soll endlich das blöde Guckglas wegwerfen. Jetzt ist der schon wieder auf den Berg damit. Zum Teufel mit dem, mit diesem Dampfer, soll er doch abbrennen oder besser noch absaufen!«

Der Junge auf dem Berg seufzte schwer. Ausgerechnet an dem Tag, wo er die Schultasche bekommen hatte und er sich schon ausmalen konnte, wie er damit zur Schule ging, mußte er das Kalb vergessen!

Die Alte hörte nicht auf. Immer noch fluchend prüfte sie das durchgekaute Kleid. Güldschamal und die Tochter kamen heraus. Als Großmutter sich beklagte, geriet sie noch mehr in Stimmung. Sie schüttelte die Fäuste gegen den Berg. Ihre sonnenverbrannte, knochige Faust schwankte bedrohlich nah vor dem Glas. »Immer wieder mit dem Ding zugange! Zum Teufel mit dem Dampfer! Abbrennen soll er, absaufen!«

Der Samowar da draußen kochte. Durch den Feldstecher war gut zu erkennen, wie der Dampf in Schwaden unter dem Deckel hervorpuffte. Tante Bekej kam heraus, um nach dem Samowar zu sehen. Da ging das Theater gleich wieder los. Die Großmutter fuchtelte ihr mit dem zermanschten Kleid vor dem Gesicht herum. Hier, guck dir ruhig mal an, was dein Neffe wieder angerichtet hat!

Tante Bekej versuchte sie zu beruhigen. Der Junge konnte sich schon denken, was sie sagte. Ungefähr das gleiche wie früher schon: »Reg dich nicht auf, Mutter, der Junge ist noch ein bißchen verspielt, der weiß noch nicht, was von ihm erwartet wird. Ist hier ganz allein, ohne einen Freund. Was soll die Brüllerei? Wozu dem Kind zusätzlich angst machen?«

Worauf die Alte garantiert erwiderte: »Was, du willst mir Vorschriften machen? Krieg erst mal selbst Kinder, dann weißt du, was von denen erwartet werden kann. Was hat der da oben auf dem Berg rumzulungern? Dann hat er natürlich keine Zeit, sein Kalb einzufangen. Wonach guckt der sich nur die Augen aus? Nach seinen Eltern, dem nichtsnutzigen Volk? Die ihn in die Welt setzen und dann abhauen, jeder woanders hin? Hast gut reden, verdorrt wie du bist...«

Selbst auf die Entfernung konnte der Junge durch sein Fernglas erkennen, wie Tante Bekejs eingefallene Wangen leichenblaß wurden, wie sie auffuhr, wie sie – und er wußte genau, womit sie es der Alten heimzahlen würde – ihrer Stiefmutter ins Gesicht schrie: »Und du, du alte Hexe, wie viele Söhne oder Töchter hast du denn großgezogen? Was bist du selbst denn für eine?«

Jetzt war natürlich alles aus! Die Großmutter heulte beleidigt auf. Güldschamal versuchte, die beiden zu versöhnen, redete begütigend auf sie ein, legte der Alten den Arm um die Schultern, wollte sie ins Haus bringen, aber die steigerte sich in ihrer Wut und tobte wie von Sinnen über den Hof. Tante Bekej schnappte sich den kochenden Samowar und trug ihn, heißes Wasser verschüttend, fluchtartig nach Haus. Die Alte ließ sich entkräftet auf den Hauklotz fallen. Schluchzend klagte sie bitter über ihr Los. Jetzt ging es schon nicht mehr um den Jungen, jetzt bekam es der Herrgott zu hören und die ganze Welt. »Mich? Mich fragst du, was für eine ich bin?« schrie die Alte der Stieftochter empört hinterher. »Wenn Gott mich nicht gestraft hätte, wenn er mir meine fünf Neugeborenen nicht genommen hätte, wenn mein Junge, mein einziger, nicht mit achtzehn im Krieg gefallen wäre im Kugelhagel und wenn mein innig geliebter alter Taigara mit seiner Schafherde nicht im Schneesturm erfroren wäre, würde ich dann hier bei euch Waldleuten leben? Bin ich vielleicht so ein unfruchtbares Gelump wie du? Würde ich dann auf meine alten Tage mit so einem wie deinem Vater zusammenleben, diesem verblödeten Momun? Für welche Sünden und Verfehlungen hast du mich bestraft, dreimal verfluchter Gott?«

Der Junge setzte den Feldstecher ab und ließ den Kopf hängen.

»Wie sollen wir jetzt nach Hause zurück?« fragte er seine Schultasche leise. »Das ist alles wegen mir und dem blöden Kalb. Und wegen dir auch, Fernglas. Du überredest mich immer, nach dem weißen Dampfer zu sehen. Du bist auch schuld.«

Der Junge sah sich nach allen Seiten um. Überall Berge, Felsen, Steine, Wald. Von den Gletschern oben stürzten glitzernde Kaskaden lautlos hernieder, und erst weiter unten hatte das Wasser so etwas wie eine Stimme, um dann für immer, nie wieder verstummend, als Fluß zu lärmen. Und die Berge waren so riesig und grenzenlos. Ganz klein kam er sich in solchen Augenblicken vor, einsam und verloren. Außer ihm gab es hier nur noch Berge, nichts als hohe Berge überall.

Bald würde die Sonne zum See hin untergehen. Es war schon nicht mehr so heiß. An den östlichen Hängen wurden die ersten kürzeren Schatten sichtbar. Die Sonne sinkt jetzt immer tiefer, die Schatten werden länger und erreichen bald den Fuß der Berge. Um diese Zeit erschien sonst der weiße Dampfer auf dem Issyk-Kul.

Der Junge hatte seinen Feldstecher auf einen Punkt gerichtet, der weit weg lag, aber gerade noch zu erkennen war und hielt den Atem an. Da war er! Und sofort war alles andere vergessen, als da vorn am tiefblauen Rand des Issyk-Kul der weiße Dampfer erschien. Da tauchte er auf! Die Schornsteine alle in einer Reihe, lang, stark, schön. Schnurgerade fuhr er, immer gleich schnell und direkt auf ihn zu. Hastig wischte er mit einem Hemdzipfel über die Gläser und stellte das Fernglas richtig ein. Die Umrisse des Dampfers traten jetzt deutlicher hervor. Jetzt war zu sehen, wie er in den Wellen schaukelte, wie er unterm Heck eine weiße Gischtspur hinterließ. Begeistert konnte der Junge sich vom Anblick seines weißen Dampfers nicht losreißen. Wenn es nach ihm ginge, würde er den weißen Dampfer bitten, ein bißchen näher heranzukommen, damit er sich die Leute angukken könne, die auf ihm fuhren. Der Dampfer wußte bloß nichts davon. Langsam und majestätisch zog er seine Bahn, niemand wußte, woher er kam und wohin er fuhr.

Er konnte lange zusehen, wie sein Dampfer fuhr, und er mußte lange daran denken, wie er ein Fisch werden und den Fluß hinab und an ihn heranschwimmen würde, immer näher an den weißen Dampfer heran...

Hier vom Karaul-Berg aus hatte er den weißen Dampfer zum ersten Mal auf dem blauen Issyk-Kul gesehen, und da hatte sein Herz einen Sprung getan bei diesem schönen Anblick, und er entschied sogleich, daß sein Vater, ein Matrose, natürlich an Bord dieses weißen Dampfers war. Der Junge glaubte daran, weil er so liebend gern wollte, daß es so war.

Er konnte sich weder an seinen Vater noch an seine Mutter erinnern. Er hatte sie beide nie gesehen. Und keiner von beiden hatte ihn je besucht. Eins wußte der Junge allerdings: Sein Vater arbeitete als Matrose auf dem Issyk-Kul, und seine Mutter hatte nach der Scheidung ihren Jungen bei ihrem Vater, seinem Großvater, gelassen und war für immer in die Stadt gegangen. Jetzt war sie weg und damit aus seinem Leben verschwunden. Sie war in die ferne Stadt hinter den Bergen gefahren, hinter den Seen und noch weit hinter den Bergen.

Großvater Momun hatte die Stadt bei Gelegenheit mal aufgesucht, um Kartoffeln zu verkaufen. Eine Woche war er verschollen und hatte, wieder zu Hause, Tante Bekej und der Großmutter beim Tee erzählt, daß er seine Tochter, also die Mutter des Jungen, gesehen habe. Sie war Weberin in einer großen Textilfabrik. Sie hatte eine neue Familie, zwei Töchter, die sie in einen Kinderhort gibt und nur einmal die Woche zu sehen kriegt. Sie wohnt in einem großen Haus, doch in einem kleinen Zimmer, so klein, daß man sich nicht mal richtig umdrehen kann. Und draußen auf dem Hof kennt keiner den andern, wie auf dem Basar. Und alle leben so, gehen nach Hause und sperren sofort die Tür hinter sich zu. Sitzen hinter Schloß und Riegel, wie im Gefängnis. Ihr Mann ist so was wie ein Fahrer und fährt die Leute im Bus herum. Geht morgens um vier aus dem Haus und bleibt bis spätabends weg. Hat auch schwer zu schuften. Seine Tochter, erzählte er, habe die ganze Zeit geweint und ihn um Vergebung gebeten. Sie stünden ja nun auf der Warteliste für eine neue Wohnung. Wann sie die bekämen, stehe allerdings in den Sternen. Sobald sie die hätten, würde sie ihren Jungen zu sich nehmen, wenn ihr Mann nichts dagegen habe. Also bat sie den Alten, sich noch etwas zu gedulden. Großvater Momun hatte ihr gesagt, sie solle nicht betrübt sein. Hauptsache, sie lebe mit ihrem Mann in Frieden, das übrige würde sich schon finden. Und wegen ihres Jungen sollte sie sich keine Sorgen machen. »Solange ich lebe, geb ich ihn nicht her, und wenn ich sterbe, nimmt Gott ihn an die Hand. Ein lebendiger Mensch findet immer seinen Weg...« Während Tante Bekej und die Großmutter den Alten so reden hörten, seufzten sie ab und zu und weinten sogar ein bißchen.

Damals beim Tee kamen sie auch auf seinen Vater zu sprechen. Großvater schien gehört zu haben, daß sein ehemaliger Schwiegersohn, der Vater des Jungen, immer noch Matrose auf irgendeinem Dampfer war und daß auch er eine neue Familie und zwei, wenn nicht sogar drei Kinder hätte. Sie wohnten nicht weit von der Anlegestelle. Er rührte wohl auch keinen Alkohol mehr an. Und seine neue Frau kommt jedesmal mit den Kleinen auf den Kai raus und begrüßt ihn. Na also, dachte der Junge, dann müßten sie auch meinen Dampfer begrüßen ...

Dieser schwamm unterdessen gemächlich davon. Weiß und lang glitt er über den blauen Spiegel, puffte Dampfwolken durch die Schlote und wußte nicht, daß ein Junge auf ihn zugeschwommen kam, der eben erst zum Fisch geworden war.

Er träumte davon, ein Fisch zu sein und einen Fischleib, Schwanz, Flossen und Schuppen zu haben, nur seinen Kopf, den würde er behalten, diesen großen runden Kopf auf dem dünnen Hals mit abstehenden Ohren und zerkratzter Nase. Auch die Augen müßten so bleiben wie sie waren. Natürlich nicht ganz so wie jetzt, wie ein Fisch müßte er schon gucken können. Wimpern hatte der Junge, lang wie bei seinem Kälbchen, und mit denen zwinkerte er ständig, auch wenn er gar nicht wollte. Güldschamal sagte immer, ihre Tochter müßte solche Wimpern haben, dann wäre sie eine Schönheit! Wozu aber sollte man eine schöne Frau oder ein schöner Mann sein? Unbedingt! Was sollte er mit schönen Augen anfangen, er brauchte solche, mit denen er unter Wasser sehen konnte.

Stattfinden sollte die Verwandlung in Großvaters

Stausee. Schwupp, und schon ist er ein Fisch. Dann wäre er gleich vom Stausee in den Fluß hinübergeschnellt, mitten in die reißende Strömung und flußabwärts geschwommen. Und dann so weiter, rausgesprungen und sich kurz umgeschaut, wäre doch langweilig, nur unter Wasser zu schwimmen, im reißenden Fluß würde er sich am großen roten Lehmberg vorbeitreiben lassen, über Stromschnellen und Strudel, vorbei an Bergen und Wäldern. Von seinen Lieblingsfelsen würde er Abschied nehmen. »Auf Wiedersehen, Liegendes Kamel!« »Auf Wiedersehen, Wolf!« »Wiedersehen, Sattel!« »Mach's gut, Panzer!« Und wenn er dann an der Siedlung vorbeikäme, würde er aus dem Wasser hüpfen und seinem Großvater mit der Schwanzflosse zuwinken: »Auf Wiedersehen, Großvater! Ich komm bald wieder.« Den Großvater hätte dieses Wunder verblüfft, und er hätte nicht gewußt, wie ihm geschieht. Und die Großmutter, Tante Bekej und Güldschamal samt Töchterchen würden mit offenem Mund danebenstehen. Wo gab's denn so was, daß der Kopf von einem Menschen war und der Körper von einem Fisch? Und er würde ihnen mit den Flossen zuwinken: »Auf Wiedersehen! Ich schwimm jetzt weg in den Issyk-Kul hinaus, zum weißen Dampfer. Auf dem ist mein Vater Matrose.« Und Baltek würde gewiß am Ufer entlangrennen. Als Hund bekam man so was jedenfalls nicht alle Tage zu sehen. Und sollte Baltek vorhaben, zu ihm ins Wasser zu springen, würde er schreien: »Nicht, Baltek! Laß das sein! Du gehst unter!« Und würde weiterschwimmen. Unter den Seilen der Hängebrücke hindurch und an den Uferweiden entlang, dann die donnernde Klamm hinunter unmittelbar in den Issyk-Kul.

Der Issyk-Kul, das war ein richtiges Meer. Über seine Wellen würde er gleiten, von einer auf die andere, wieder und wieder, und da kam ihm schon der weiße Dampfer entgegen. ›Grüß dich, weißer Dampfer, ich bin's‹, würde er dem Schiff zurufen. ›Das war ich, der da immer durchs Fernglas zu dir hinuntergeschaut hat.‹ Die Leute auf dem Schiff würden nicht schlecht staunen und angelaufen kommen, um dieses Wunder zu erleben. Und dann würde er zu seinem Vater dem Matrosen sagen: ›Hallo, Vater, ich bin's, dein Sohn. Ich bin einfach mal zu dir rübergeschwommen.‹ ›Wieso willst du mein Sohn sein? Du halber Hering, du?‹ ›Nimm mich nur zu dir auf den Dampfer, und ich werde wieder ein richtiger Sohn sein.‹ ›Na so was! Probieren wir's gleich mal aus!‹ Sein Vater wirft ein Netz aus, fängt ihn ein, zieht ihn aus dem Wasser und stellt ihn neben sich aufs Deck. Und da würde er wieder so aussehen wie immer. Und was dann noch alles wäre ... und dann würde ...

Dann würde der weiße Dampfer weiterfahren. Der Junge würde seinem Vater von sich erzählen, alles, sein ganzes bisheriges Leben. Von den Bergen, zwischen denen er wohnt, von den bewußten Steinen am Ufer, vom Fluß und vom Naturschutzgebiet, von Großvaters Staubecken, in dem er schwimmen gelernt hat, wie ein Fisch, mit offenen Augen. Er würde auch erzählen, wie es ihm bisher bei Großvater Momun ergangen ist. Sein Vater sollte nicht denken, daß er, auch wenn ihn die Leute allzeitbereiter Momun nannten, wirklich ein Sonderling sei. So einen Großvater gab's jedenfalls nicht noch einmal, der beste Großvater. Er war eben nur kein bißchen falsch, und deswegen machten sich alle über ihn lustig. Und Onkel Oroskul, wie der den alten Mann erst schurigelt! Er bringt es fertig, Großvater im Beisein von andern anzuschreien. Aber Großvater, statt sich zu behaupten, verzeiht Onkel Oroskul alles und arbeitet auch noch für ihn im Wald und in der Wirtschaft. Wenn's nur die Arbeit wäre! Immer wenn Onkel Oroskul volltrunken angeritten kommt, rennt Großvater, statt ihm eins auf die Nase zu geben, zu ihm hin, hilft ihm vom Pferd, bringt ihn ins Haus, legt ihn aufs Bett und deckt ihn mit einem Pelz zu, damit er sich nichts holt und er keine Kopfschmerzen kriegt. Und das Pferd zäumt er ab, wischt es trocken und gibt ihm Futter. Und das alles, weil Tante Bekej keine Kinder bekommt. Warum ist denn das so, Papa? Wär doch besser, man kriegt Kinder, wenn man will, und wenn man keine will, kriegt man eben keine. Großvater tut es in der Seele weh, wenn Onkel Oroskul Tante Bekej schlägt. Dann wär's ihm schon lieber, er selbst würde verprügelt. Er quält sich, wenn Tante Bekej schreit. Was soll er denn tun? Jedesmal, wenn er seiner Tochter beistehen will, verbietet es die Großmutter. ›Misch dich nicht ein‹, sagt sie. ›Die kommen auch ohne dich zurecht. Was willst du denn überhaupt, du Alter, ist doch nicht deine Frau, also halt still.‹ ›Aber sie ist doch meine Tochter!‹ Darauf die Alte: ›Und was würdest du machen, wenn du nicht nebenan wohntest, sondern weit weg? Würdest jedesmal angaloppiert kommen und die beiden trennen? Und wer würde die dann noch als Frau haben wollen?‹

Die Großmutter, von der ich jetzt rede, ist gar nicht die richtige. Du kennst sie wahrscheinlich nicht einmal, Papa. Es ist eine andere. Die richtige Großmutter ist gestorben, als ich noch klein war. Und nach der ist die hier gekommen. Bei uns ist das Wetter oft unberechenbar, mal scheint die Sonne, mal ist es bedeckt und trübe, dann regnet oder hagelt es. So ist auch die Großmutter, völlig unberechenbar. Manchmal ist sie gut, dann wieder böse, und manchmal weiß man's nicht so recht. Wenn sie böse wird, ist nicht mit ihr zu spaßen. Großvater und ich sagen dann nichts. Dafür aber sie um so mehr: Einem Fremden kannst du zu essen und zu trinken geben, soviel du willst, was Gutes ist von dem nicht zu erwarten. Dabei bin ich doch hier kein Fremder, Papa. Ich habe immer mit Großvater zusammengelebt. Der Fremde, das ist doch die, sie ist erst später zu uns gekommen. Aber nein, mich nennt sie einen Fremden.

Im Winter geht uns der Schnee bis zum Hals. Und wie hoch sind erstmal die Schneewehen! Wenn überhaupt, dann kann man nur auf Alabasch in den Wald reiten, auf dem großen Grauen, der zerfurcht die Schneewehen mit der Brust. Und der Wind, der ist so stark, du hältst dich nicht auf den Beinen. Wenn der See Wellengang hat und dein Dampfer mal so richtig ins Schaukeln kommt, dann ist das der Wind von unserm San Tasch, mußt du wissen, der den See aufwühlt. Großvater hat mal erzählt, wie vor ganz ganz langer Zeit feindliche Heere angezogen kamen, um das Land hier zu erobern. Und da blies von unserem San Tasch ein Wind, daß es die Feinde nicht mehr im Sattel hielt. Sie mußten absitzen, kamen aber auch zu Fuß nicht weiter. Der Wind peitschte ihnen die Gesichter blutig. Und als sie dem Wind den Rücken zukehrten, trieb der sie vor sich her und ließ sie nicht ein einziges Mal zur Ruhe kommen, er verjagte sie bis auf den letzten Mann aus der Gegend am Issyk-Kul. So ist das gewesen. Und wir leben hier in diesem Wind! Bei uns da oben fängt er an. Den ganzen Winter über ist der Wald hinterm Fluß ein einziges Heulen, Knacken und Stöhnen im Wind. Angst und bange wird einem da.

Im Winter gibt's nicht viel zu tun im Wald. Im Winter ist es bei uns einsam, nicht wie im Sommer, wenn die Nomaden hinaufziehen. Ich hab es gern, wenn sie im Sommer mit ihren Schafen und Pferden zur Nacht auf der großen Wiese ihr Lager aufschlagen. Am nächsten Morgen allerdings ziehen sie wieder weiter in die Berge, aber trotzdem macht's Spaß mit ihnen. Die Kinder und Frauen werden auf Lastwagen hinaufgefahren. Auf den Lastwagen haben sie auch ihre Jurten und das andere Zeug. Sobald sie es sich ein bißchen gemütlich gemacht haben, gehen Großvater und ich hin, sie zu begrüßen. Alle mit Handschlag. Ich auch. Großvater sagt immer, daß der Jüngere zuerst die Hand geben muß. Wer nicht die Hand gibt, achtet den andern nicht. Außerdem sagt Großvater immer: Einer von sieben kann ein Prophet sein. Ein sehr guter und kluger Mensch. Und wer so einem die Hand gibt, wird glücklich fürs ganze Leben. Na und ich sag dann: Wenn das so ist, warum sagt dann der Prophet nicht, daß er einer ist, damit wir ihn alle mit Handschlag begrüßen können. Da lacht Großvater: Das ist es ja gerade, sagt er, der Prophet weiß doch selbst nicht, daß er einer ist, er ist ein einfacher Mensch. Nur der Straßenräuber weiß, daß er einer ist. Das versteh ich nicht recht, aber ich geb allen die Hand, auch wenn mir das ein bißchen peinlich ist.

Wenn aber Großvater und ich zu den Leuten auf die Wiese gehen, ist mir das kein bißchen peinlich.

»Seid willkommen auf der Sommerweide unserer Väter und Vorväter! Sind Mensch und Vieh heil und unversehrt? Sind die Kinder wohlauf?« Das sagt Großvater immer. Und ich geb ihnen bloß die Hand. Den Großvater kennen alle, und er kennt sie alle. Er fühlt sich wohl. Er weiß, was er mit den Leuten reden muß, fragt die neu Dazugekommenen alles mögliche und erzählt selbst, wie es uns hier so geht. Und ich weiß meist nicht, was ich mit den Kindern reden soll. Aber irgendwann spielen wir dann Verstecken oder Krieg und sind bald so ins Spielen vertieft, daß keiner Lust hat zu gehen. Wenn's doch nur immer Sommer wäre und wir Kinder auf der Wiese spielen könnten!

Während wir spielen, werden die ersten Lagerfeuer angezündet. Papa, du glaubst vielleicht, daß es von den Lagerfeuern so richtig hell wird auf der Wiese? Überhaupt nicht! Hell ist es ums Feuer herum, aber hinter dem Lichtkreis ist die Nacht um so schwärzer. Da spielen wir eben Krieg, verstecken uns im Dunkeln oder greifen an. Fast wie im Film. Wenn du Hauptmann bist, hören alle auf dein Kommando. So ein Hauptmann hat's, glaub ich, ganz gut...

Und dann tritt der Mond hinter den Bergen hervor. Bei Mondlicht zu spielen macht noch mehr Spaß, Großvater aber nimmt mich immer mit nach Hause. Wir gehen über die Wiese und durch das Buschwerk zurück. Die Schafe liegen ruhig da. Die Pferde grasen ringsum. Während wir gehen, horchen wir in die Dunkelheit. Irgendwo stimmt jemand ein Lied an. Ein junger Hirte oder vielleicht auch schon ein alter. Großvater sagt, ich soll stehenbleiben. ›Horch. Solche Lieder kriegst du nicht alle Tage zu hören.‹ Wir stehen, lauschen. Großvater seufzt. Wiegt den Kopf nach der Melodie.

Großvater hat mal erwähnt, daß es in alter Zeit einen Khan gegeben hat, der bei einem andern Khan in Gefangenschaft lebte. Und der sagt eines Tages zu dem gefangenen Khan: ›Wenn du willst, kannst du als Sklave bei mir weiterleben, oder ich erfülle dir deinen sehnlichsten Wunsch und bringe dich hernach um.‹ Der andere denkt nach und erwidert. ›Als Sklave will ich nicht leben. Dann bring mich lieber um. Vorher aber laß aus meiner Heimat den erstbesten Hirten kommen.‹ ›Was willst du denn mit dem?‹ ›Vor meinem Tod will ich noch einmal hören, wie er singt.‹ Also Großvater sagt immer: Für ein Lied aus der Heimat geben Menschen ihr Leben her. Was sind das bloß für Menschen? Die würd ich mir gerne mal ansehen. Die leben wohl in den Großstädten.

›Tut das gut zuzuhören?‹ flüstert Großvater. ›Mein Gott, was für Lieder!‹

Ich weiß auch nicht warum, aber irgendwie tut mir der Großvater leid. Und ich hab ihn so lieb, daß ich weinen könnte.

Früh am Morgen ist niemand mehr auf der Wiese zu sehen. Sie haben ihre Schafe und Pferde in die Berge getrieben, für den ganzen Sommer. Nach ihnen kommen andere Herden, von anderen Kolchosen. Wenn sie tagsüber kommen, halten sie sich nie länger auf. Wenn sie abends kommen, lagern sie die Nacht über auf der Wiese. Und dann ziehen Großvater und ich wieder hin, sie zu begrüßen. Er findet das jedenfalls wichtig, die Leute zu begrüßen, und ich hab das von ihm gelernt. Wer weiß, vielleicht grüße ich einmal einen richtigen Propheten auf unserer Wiese...

Kommt der Winter, fahren Onkel Oroskul und Tante Bekej in die Stadt zum Arzt. Es heißt, ein Arzt kann helfen und einem Arzneien geben, damit man Kinder kriegt. Die Großmutter meint aber, es wäre besser, wenn man eine heilige Stätte aufsucht. Und zwar dahinten, jenseits der Berge, wo auf den Feldern Baumwolle wächst. Da ist die Landschaft so glatt, daß man denkt, da könnte es Berge nicht geben. Und doch steht mittendrin dieser heilige Berg, der Sulejman-Berg. Und wenn man am Fuß dieses Berges ein schwarzes Schaf schlachtet und dabei Gott anruft, wenn man auf den Berg hinaufgeht, sich bei jedem Schritt verneigt und zu Gott betet und ihn recht schön bittet, dann kann es sein, daß er sich erbarmt und einen Kinder kriegen läßt. Tante Bekej möchte sehr gerne hinfahren, zum Sulejman-Berg. Aber Onkel Oroskul hat keine Lust. Es ist ihm zu weit. ›Das verschlingt einen Haufen Geld‹, sagt er. ›Da kommst du doch bloß mit dem Flugzeug hin, über die Berge. Und bis zum Flugzeug muß man auch noch wer weiß wie lange fahren, und das kostet auch wieder ...‹

Wenn sie in die Stadt gefahren sind, bleiben wir ganz allein in der Försterei zurück. Wir und Onkel Sejdachmat, seine Güldschamal und ihre kleine Tochter, unsere Nachbarn. Das sind schon alle.

Abends, wenn die Arbeit getan ist, erzählt mir Großvater Märchen. Ich weiß, draußen ist es stockfinster und klirrend kalt. Es fegt ein böser Wind. Selbst die höchsten Berge haben Angst in solchen Nächten, sie drängen sich näher ans Haus heran, zum Licht in den Fenstern. Und es gruselt mich und macht mich zugleich froh. Wäre ich ein Riese, würde ich in einen Riesenpelz schlüpfen und nach draußen gehen. Und laut würde ich ihnen zurufen. »Seid nicht bange, Berge! Ich bin hier. Was soll der Wind, die Finsternis, was schert uns der Schneesturm, ich fürchte nichts, und auch ihr braucht nichts zu fürchten. Bleibt auf eurem Platz, drängt euch nicht aneinander.« Dann würde ich durch die Schneewehen über den Fluß in den Wald gehen. Den Bäumen graust es in solchen Nächten im Wald. Sie sind allein und niemand spricht mit ihnen. Die Bäume erschauern in der Eiseskälte und finden keine Zuflucht. Ich aber würde in den Wald laufen und über jeden Stamm streichen, damit es ihm leichter zumute ist. Sicherlich sind die Bäume, die im Frühling nicht ausschlagen, vor Angst erstarrt. Und wir fällen sie dann für Brennholz.

Über all das denke ich nach, wenn der Großvater mir seine Märchen erzählt. Lange erzählt er. Und verschiedene sind es – lustige. Zum Beispiel das vom Däumling Tschipalak, und wie den Jungen ein hungriger Wolf verschlingt und es danach bitter bereut. Stimmt nicht, zuerst hat ihn ein Kamel gegessen. Da hatte Tschipalak gerade unter einem Blatt geschlafen, und ein Kamel kam vorbei und hat ihn zusammen mit dem Blatt verschluckt. Darum heißt es ja auch, daß ein Kamel nicht weiß, was es verschluckt. Tschipalak hat erst mal um Hilfe gerufen. Na ja, und da mußten die Alten das Kamel schlachten, um ihren Tschipalak rauszuholen. Das mit dem Wolf war noch härter. Auch der hatte in seiner Blödheit den Tschipalak gefressen. Aber dann heulte er bitterlich. Der Wolf war nämlich mal über Tschipalak gestolpert. ›Was ist denn das da? Was für ein Käferchen hat sich denn da unter meine Füße verirrt? Den werde ich sehr schnell verspeist haben.‹ Tschipalak hatte noch gesagt: ›Rühr mich bloß nicht an, du Wolf, sonst mach ich einen Hund aus dir.‹ ›Das wollen wir doch mal sehen‹, höhnte der Wolf. ›Ein reinrassiger Wolf, und aus dem soll ein Hund werden? Weil du so unverschämt bist, freß ich dich auf!‹ Und weg war der Kleine. Und war auch schon vergessen. Doch von diesem Tag an war's aus mit dem Wolfsleben. Der Wolf brauchte sich bloß mal an eine Schafherde heranzupirschen, da schrie der Tschipalak in seinem Bauch: ›He, ihr Hirten! Schlaft nicht! Jetzt komm ich, der graue Wolf, ich schleiche mich an und hol mir mein Schaf ab!‹ Der Wolf wußte wirklich nicht, wie ihm geschah. Beißt sich in die Flanken. Wälzt sich auf dem Boden. Und Tschipalak munter weiter: ›He, ihr Hirten, hierher. Rennt mal ein bißchen schneller und schlagt anständig zu!‹ Die Hirten mit ihren Knüppeln auf den Wolf los, und der macht, daß er wegkommt. Die Hirten rennen hinter ihm her und kommen aus dem Staunen nicht raus. Völlig verrückt geworden, das arme Tier, rennt weg und schreit auch noch: ›Holt mich doch ein!‹ Na gut, was ein richtiger Wolf ist, läßt sich natürlich so leicht nicht kriegen. Aber das half ihm wenig. Wo immer er auftauchte, legte Tschipalak ihn herein. Der Wolf wurde fortgejagt und zum Gespött der Leute. Bald war er ganz abgezehrt, nur noch Haut und Knochen. Er knirscht mit den Zähnen, winselt: ›Wofür werde ich bloß so gestraft? Was hab ich denn verbrochen, daß es mir so schlecht ergeht? Was für eine Schande auf meine alten Tage. Mein Verstand ist hin.‹ Und Tschipalak flüstert ihm ins Ohr: ›Lauf zu Taschmat, der hat die fetteren Schafe!‹ ›Lauf zu Baymat, bei dem sind die Hunde taub!‹ ›Lauf zu Ermat, seine Hirten schlafen fest.‹ Aber der Wolf sitzt da und flennt: ›Ich geh nirgendwo mehr hin. Lieber laß ich mich vom erstbesten Menschen als Hund anstellen …‹

Ein spaßiges Märchen, was, Papa? Großvater weiß auch noch andere Märchen, traurige und zum Gruseln. Aber mein Lieblingsmärchen ist das von der Gehörnten Hirschmutter. Großvater meint, jeder hier am Issyk-Kul müßte das Märchen kennen. Es nicht zu kennen, ist eine Sünde. Vielleicht kennst du es ja auch, Papa? Großvater behauptet, was das Märchen sagt, ist wahr. Das ist irgendwann einmal passiert. Daß wir alle Kinder der Gehörnten Hirschmutter sind. Ich und du und die andern alle …

So leben wir im Winter. Der Winter dauert lange. Ohne Großvaters Märchen wär es mir im Winter sehr langweilig hier oben.

Im Frühling ist es schön bei uns. Und wenn es richtig warm wird, kommen auch die Hirten zu uns herauf. Dann sind wir auch nicht mehr allein in den Bergen. Nur hinter dem Fluß, weit weg von uns, wohnt keiner mehr. Da ist bloß noch Wald und alles, was dazugehört. Darum wohnen wir ja auch hier im Naturschutzgebiet, damit dort keiner seinen Fuß hineinsetzt und auch nur ein Zweiglein anrührt. Wir hatten sogar schon mal ganz gelehrte Leute hier. Zwei Frauen, beide in Hosen, ein Alter und ein junger Bursche. Der hat noch gelernt bei ihnen. Sie haben einen ganzen Monat bei uns gewohnt, Kräuter gepflückt, Blätter und Zweige. Sie sagten, daß es solche Wälder wie bei uns am San Tasch nur noch ganz wenige auf der Erde gebe. Genauer gesagt, so gut wie gar keine mehr. Deshalb müsse man jeden Baum hier im Wald hegen und pflegen.

Und ich hatte immer gedacht, daß die Bäume dem Großvater einfach nur leid tun. Er mag es nämlich gar nicht, wenn Onkel Oroskul die Kiefern als Bauholz hergibt...

3

Der weiße Dampfer war schon weit weg. Seine Schornsteine waren selbst im Fernglas kaum noch zu erkennen. Bald würde er nicht mehr zu sehen sein. Der Junge mußte sich nun überlegen, wie seine Fahrt auf Vaters Dampfer enden sollte. Sie geriet ganz gut, nur mit dem Schluß haperte es. Es fiel ihm nicht schwer, sich vorzustellen, wie er zum Fisch wird, wie er im Fluß zum See hinunterschwimmt, wie der weiße Dampfer auf ihn zukommt. Wie er seinen Vater trifft. Und alles, was er seinem Vater zu erzählen hat. Weiter aber ging es dann nicht mehr. Weil jetzt zum Beispiel schon das Ufer zu sehen war. Der Dampfer steuert auf die Anlegestelle zu. Die Matrosen machen sich landfein. Die wollen nach Hause. Sein Vater muß auch nach Hause. Seine Frau und die beiden kleinen Kinder warten schon am Kai auf ihn. Was sollte er tun? Mit seinem Vater gehen? Würde der ihn mitnehmen? Und wenn, würde seine Frau ihn dann nicht fragen: ›Was ist denn das für einer? Wo kommt denn der her? Was sollen wir denn mit dem?‹ Da ging er wohl lieber gar nicht erst mit...

Der weiße Dampfer entfernte sich immer weiter und wurde zu einem kaum noch wahrzunehmenden

Punkt. Schon breitete sich das Licht der untergehenden Sonne über dem Wasser aus. Durch das Fernglas war gut zu sehen, wie die Wasseroberfläche feurig lila schimmerte, daß es einen fast blendete.

Der Dampfer war weg. Damit war dann wohl auch das Märchen vom weißen Dampfer zu Ende. Er mußte nach Hause.

Der Junge hob seine Schultasche auf und klemmte sich das Fernglas unter den Arm. Bergab ging er schnell, immer in Schleifen den Hang hinunter. Je näher er kam, um so nervöser wurde er. Er mußte sich immerhin für das Kleid verantworten, das das Kalb zerkaut hatte. Jetzt dachte er nur noch daran, wie sie ihn bestrafen würden. Um nicht völlig den Mut zu verlieren, sprach er wieder mit der Schultasche: »Brauchst keine Angst zu haben. Und wenn, dann schimpfen sie uns eben aus. Ich hab es schließlich nicht mit Absicht getan. Woher sollte ich denn auch wissen, daß das Kalb sich losreißen würde? Und wenn schon, dann setzt es eben eine Kopfnuß. Das überleben wir doch. Dich werfen sie vielleicht ein bißchen auf den Boden, brauchst keinen Schreck zu bekommen. Gehst ja nicht gleich kaputt, bist ja eine Schultasche. Aber wenn die Alte das Fernglas in die Finger kriegt, erholt sich das nicht mehr. Wir müssen das gute Stück erst mal im Schuppen verstecken, und dann gehen wir rein.«

So machte er es. Er war recht bange, als er eintrat.

Im Haus herrschte eine Stille, die nichts Gutes verhieß. Draußen war es schon so still und leer, als hätten die Bewohner den Ort längst verlassen. Tante Bekej war wieder von ihrem Mann geschlagen worden. Und Großvater Momun hat seinen Schwiegersohn, der außer Rand und Band geraten war, beruhigen müssen, wieder hatte der alte Mann Oroskul anflehen, beschwören, hatte sich an seine ungeheuerlichen Fäuste hängen und diese Schande mitansehen müssen, und die geprügelte, zerzauste, kreischende Tochter obendrein. Und hatte mitanhören müssen, wie seine Tochter in seinem, ihres leiblichen Vaters Beisein mit den unflätigsten Ausdrücken bedacht wurde. Wie sie als unfruchtbare Hündin beschimpft wurde, als dreimal verfluchte, verdorrte Eselin und anderes mehr. Wieder hatte er mitanhören müssen, wie seine Tochter mit hysterisch sich überschlagender Stimme ihr schlimmes Los verfluchte: »Bin ich vielleicht schuld, wenn Gott mich damit straft, daß ich nicht empfangen kann! Alle möglichen Weiber auf der Welt kriegen Kinder und vermehren sich wie die Schafe, mich aber hat der Himmel verflucht. Womit habe ich so ein Leben verdient? Schlag mich doch lieber tot, du Scheusal! Los, schlag zu, schlag doch zu!«

Bekümmert hockte der greise Momun in seiner Ecke, der Atem ging ihm noch schwer, die Augen hatte er geschlossen und die zitternden Hände in den Schoß gelegt. Er war ganz fahl.

Momun sah seinen Enkel an und sagte nichts, müde

machte er von neuem die Augen zu. Die Alte war nicht zu Hause. Sie war fortgegangen, um zwischen Tante Bekej und ihrem Mann wieder Frieden zu stiften, bei ihnen aufzuräumen und das zerschmissene Geschirr einzusammeln. Das war so ihre Art: Wenn Oroskul seine Frau verdrischt, mischt sie sich nicht ein und hält auch den Großvater davon ab. Wenn aber alles vorbei ist, kommt sie an, redet ihnen zu, beruhigt sie. Immerhin, besser als nichts.

Am meisten tat dem Jungen der Großvater leid. An Tagen wie diesen sah es so aus, als würde er sterben. Wie betäubt kauerte er in der Ecke und traute sich niemandem unter die Augen. Keinem verriet er, woran er dachte. In solchen Augenblicken dachte Momun nämlich daran, wie alt er schon war und daß er einst einen Sohn hatte, der im Krieg gefallen war. Es gab schon niemanden mehr, der etwas von ihm wußte, der seiner gedachte. Wäre sein Sohn noch am Leben, hätte sich vielleicht auch sein eigenes Leben anders gestaltet. Momun dachte auch mit Wehmut an seine Frau, die ihm gestorben war und mit der er ein Menschenalter zusammengelebt hatte. Sein größter Kummer jedoch war, daß seine beiden Töchter kein glückliches Leben hatten. Die jüngere hatte ihm den Enkel dagelassen, war in die Stadt gegangen und schlug sich nun dort mit ihrer großen Familie in einer Einzimmerwohnung kümmerlich durch. Die ältere plagte sich hier mit Oroskul ab. Und obwohl er, ihr alter Vater, bei ihr war, und er der Tochter zuliebe das alles hier erduldete, blieb ihr doch jedes Mutterglück versagt. All die Jahre, die sie nun schon mit Oroskul lebte. Dieses Leben mit ihm war ihr längst unerträglich geworden, aber wo sollte sie hin? Und dann konnte es passieren, daß, eh sie sich's versah, auch er starb. Schließlich war er schon alt, und was sollte dann aus seiner todunglücklichen Tochter werden?

Der Junge löffelte hastig eine Schale dicke Milch aus, aß ein Stück Fladenbrot und setzte sich still ans Fenster. Die Lampe machte er nicht an, er wollte den Großvater nicht stören. Sollte er nur sitzen und grübeln.

Auch der Junge machte sich seine Gedanken. Er konnte nicht begreifen, warum Tante Bekej ihrem Mann noch Wodka gab. Erst kriegt sie die Fäuste zu spüren, und dann holt sie noch einen halben Liter her.

Ach du arme, arme Tante Bekej! Wie oft hatte ihr Mann sie schon halbtot geschlagen, und jedesmal hatte sie ihm verziehen. Auch Großvater Momun verzeiht ihm immer wieder. Warum eigentlich? Solchen Leuten darf man nicht verzeihen. Das ist doch ein nichtswürdiger, übler Mensch. Den braucht hier keiner. Wir kommen auch ohne ihn aus.

In seiner grimmigen kindlichen Phantasie hatte der Junge sich schnell ausgemalt, wie die gerechte Strafe auszusehen hat. Sie würden sich alle auf Oroskul stürzen und dieses fette, dreckige Ungeheuer zum Fluß schleifen. Dort würden sie ihn ein paarmal schaukeln und mitten hinein in die Strömung werfen. Er würde Tante Bekej und Großvater Momun natürlich um Verzeihung bitten. Schließlich konnte er kein Fisch werden ...

Dem Jungen wurde leichter ums Herz. Er fand es geradezu lustig, als er in seinen Träumen sah, wie Oroskul im Fluß herumstrampelte und seine Samtkappe an ihm vorbeischwamm.

Zu seinem großen Bedauern verhielten sich die Erwachsenen so ganz anders. Sie machten das Gegenteil. Kommt Oroskul angetrunken nach Hause, begrüßen ihn alle, als wäre alles in Ordnung. Großvater versorgt das Pferd, seine Frau eilt und heizt den Samowar an. Als hätten sie alle nur auf ihn gewartet. Aber er fängt gleich an und spielt sich auf. Erst ist er niedergeschlagen und weint. Wie ist denn nur so was möglich, selbst der größte Taugenichts, also einer, dem man nicht mal die Hand geben möchte, hat so viele Kinder, wie sein Herz begehrt. Fünf, ja zehn sogar. Ist er, Oroskul, etwa schlechter als andere? Stimmt vielleicht irgendwas nicht mit ihm? Hat er etwa keine angesehene Stellung? Gott sei Dank ist er ja immerhin Oberförster im Naturschutzgebiet! Ist er vielleicht irgend so ein Landstreicher? Die Zigeuner haben doch auch genug von diesen Zigeunerbälgern, jede Menge. Oder ist er etwa ein Niemand, den keiner respektiert? Er hat doch alles. Hat sich jedenfalls nichts entgehen lassen. Ein Gaul unterm Sattel, die Reitpeitsche in der Hand, und alles grüßt ehrerbietig.

Wieso richten seine Altersgenossen ihren Kindern denn schon die Hochzeit aus, und er steht da ohne Sohn. Ohne Nachkommenschaft.

Dann weint Tante Bekej auch und ist hektisch und will es ihrem Mann in jeder Beziehung recht machen. Dann holt sie die versteckte Halbliterflasche hervor und trinkt vor lauter Kummer auch einen mit. Und wenn er kräftig getrunken hat, läßt er plötzlich seine Wut an ihr aus, an der eigenen Frau. Und die verzeiht ihm wieder alles. Großvater auch. Niemand, der Oroskul gebändigt hätte. Irgendwann wird er wieder nüchtern, und am nächsten Morgen stellt seine Frau, noch voller blauer Flecken, schon wieder den Samowar auf. Großvater hat auch dem Pferd schon Hafer gegeben, hat es gesattelt. Oroskul schüttet reichlich Tee in sich hinein, besteigt den Gaul und ist wieder ganz Chef, Herr über das Waldmassiv am San Tasch. Und kein Mensch kommt auf den Gedanken, daß so einer wie Oroskul längst hätte in den Fluß geworfen werden müssen...

Es war schon dunkel. Draußen herrschte Nacht.

So ging der Tag zu Ende, an dem der Junge seine erste Schultasche bekommen hatte.

Als er sich schlafen legte, wußte er noch nicht so recht, wo er die Schultasche hinlegen sollte. Schließlich packte er sie neben sich ans Kopfende. Noch konnte der Junge nicht ahnen, später sollte er es erfahren, daß die halbe Klasse mit solchen Schultaschen antreten würde. Das würde ihn aber auch nicht aus der Fassung bringen, für ihn bleibt seine Schultasche immer das ungewöhnlichste und ganz und gar einmalige Stück. Außerdem wußte er noch nicht, daß sein Leben, obwohl erst so kurz, neue Ereignisse für ihn bereithielt, und daß der Tag kommen würde, da er ganz allein auf der Welt war und ihm nur noch die Schultasche blieb. Und daß der Grund für das alles sein Lieblingsmärchen von der Gehörnten Hirschkuh sein sollte...

Gerade heute abend hätte er dieses Märchen gern noch einmal gehört. Der alte Momun mochte die Geschichte auch sehr gern und erzählte sie immer so, als hätte er alles mitangesehen, seufzend, weinend, verstummend und den Gedanken nachhängend.

Der Junge wollte seinen Großvater aber jetzt nicht stören. Er wußte ja, daß ihm jetzt nicht nach Märchen zumute war. »Wir fragen ihn ein andermal«, flüsterte er der Schultasche zu. »Jetzt erzähl ich dir selbst von der Gehörnten Hirschkuh, jedes Wort genau wie Großvater. Ich erzähl aber so leise, daß es keiner hört, nur du hör genau zu. Ich erzähl nämlich sehr gern und schau mir alles an wie im Film. Großvater jedenfalls sagt, es stimmt alles und es ist wirklich so geschehen...«

4

Es ist vor langer Zeit geschehen. In längst vergangenen Tagen, als es auf der Erde mehr Wald gab als Gras und als es in unserer Gegend mehr Wasser gab als Festland, lebte ein Kirgisenstamm am Ufer eines großen und kalten Flusses. Sie nannten den Fluß Enesaj. Er fließt weit weg von hier, in Sibirien. Zu Pferd ist man drei Jahre und drei Monate dorthin unterwegs. Inzwischen heißt der Fluß Jenissei, damals aber hieß er noch Enesaj. Da wurde ein Lied über ihn gesungen:

Wo ist der Fluß, der breiter ist als du, Enesaj?
Wo ist das Land, das mir lieber ist als du, Enesaj?
Wo ist das Leid, das tiefer ist als du, Enesaj?
Wo schlägt mir das Herz so frei wie bei dir, Enesaj?

Kein Fluß ist breiter als du, Enesaj.
Kein Land ist mir lieber als du, Enesaj.
Kein Leid ist tiefer als du, Enesaj.
Nirgendwo schlägt mir das Herz so frei wie bei dir, Enesaj.

Ja, so war das mit dem Enesaj.

Damals siedelten viele Völker am Enesaj. Sie hatten es nicht leicht, weil sie miteinander in Feindschaft lebten. Viele Feinde umlagerten den Kirgisenstamm. Mal fielen die einen über sie her, mal die andern, oder die Kirgisen fielen über andere her, trieben ihnen die Herden fort, brannten die Zelte ab, erschlugen die Menschen. Und so erschlugen sie eben alle, die sich ihnen in den Weg stellten. Das waren Zeiten! Ein Menschenleben galt nicht viel. Einer vernichtete den andern. Sie trieben es so weit, daß es niemanden mehr gab, der Getreide anbaute, das Vieh züchtete oder auf die Jagd ging. Es war doch viel leichter, auf Raub auszugehen und so zu leben: blitzartig auftauchen, morden, wegnehmen. Mord mußte mit noch mehr Blut vergolten werden und Rache mit grausamster Rache. Das Blut floß in Strömen. Es trübte den Menschen den Verstand. Es gab keinen, der die Feinde miteinander ausgesöhnt hätte. Als Klügster und Bester galt, wer den Feind zu überrumpeln verstand, wer einen fremden Stamm bis auf den letzten Mann erschlug, wer Herden und Reichtümer zu raffen wußte.

Da tauchte in der Taiga ein geheimnisvoller Vogel auf. Er sang und weinte des Nachts bis zum Morgengrauen mit klagender menschlicher Stimme, sprach auch hin und wieder, während er von Zweig zu Zweig flatterte: »Es wird herrschen große Not, laßt es euch sagen!« Und so kam es auch, er brach an, der entsetzliche Tag.

An diesem Tag bestattete der Kirgisenstamm am

Enesaj seinen alten Häuptling. Batyr Kultsche, der Held, hatte sie viele Jahre hindurch befehligt, war in manchen Krieg geritten und hatte manche Schlacht bestanden. Die Kämpfe hatte er überlebt, doch nun hatte ihm die letzte Stunde geschlagen. Zwei Tage verbrachten die Stammeskinder in tiefster Trauer, und am dritten Tag kamen sie zusammen, um die sterblichen Reste ihres Batyrs der Erde zu übergeben. Altem Brauch zufolge mußte der Leichnam des Häuptlings zum letzten Weg am Ufer des Enesaj an Steilhängen und Windungen vorübergetragen werden, damit die Seele des Toten sich aus luftiger Höhe von ihrer Flußmutter verabschieden konnte, denn Ene, das heißt Mutter, und Saj heißt Fluß. Auch damit seine Seele das Lied vom Enesaj zum letzten Mal singen konnte:

Wo ist der Fluß, der breiter ist als du, Enesaj?
Wo ist das Land, das mir lieber ist als du, Enesaj?
Wo ist das Leid, das tiefer ist als du, Enesaj?
Wo schlägt mir das Herz so frei wie bei dir, Enesaj?

Kein Fluß ist breiter als du, Enesaj.
Kein Land ist mir lieber als du, Enesaj.
Kein Leid ist tiefer als du, Enesaj.
Nirgendwo schlägt mir das Herz so frei wie bei dir, Enesaj.

Auf dem Grabhügel, vor dem offenen Grab, war es

Brauch, den Batyr über aller Häupter zu erheben und ihm die vier Himmelsrichtungen zu zeigen: »Dort ist dein Fluß. Dort ist dein Himmel. Dort ist dein Land. Und hier sind wir, die wir gleich dir aus einer gemeinsamen Wurzel stammen. Wir sind alle gekommen, um dich auf deinem letzten Weg zu begleiten. Ruhe friedvoll.« Fernen Nachfahren zur Erinnerung wird über dem Grab des Batyrs eine steinerne Stele errichtet.

Während der Tage der Beisetzung standen die Jurten des gesamten Stammes am Flußufer aufgereiht, damit jede Familie sich von ihrer Schwelle aus vom Batyr verabschieden konnte, wenn der Leichnam zur Bestattung vorübergetragen, wenn unter Jammern und Klagen die weiße Trauerfahne zur Erde geschwenkt wird, um dann gemeinsam mit den anderen zur nächsten Jurte zu gelangen, wo wieder gewehklagt und geweint, wo wieder die weiße Trauerfahne geschwenkt wird, und so fort, bis auch dieser Weg, am Grabhügel, zu Ende ist.

Am Morgen des bewußten Tages stand die Sonne schon im Zenit, als die Vorbereitungen beendet waren. Die Fahne mit dem Roßschweif am Schaft war herausgetragen, herausgetragen wurden auch die Kriegsrüstung des Batyr, Speer und Schild. Seinem Streitroß hatte man eine Trauerdecke übergeworfen. Die Trompeter standen bereit, ihre Schlachthörner, die Karnai, schmettern zu lassen. Gleich würden die Trommler ihre Kriegstrommeln, die Dobulbassy, dröhnen lassen, daß die Taiga erbebte, daß die Vögel in Wolken zum Himmel aufstoben, um unter Tosen und Stöhnen über der Erde zu kreisen, daß die Tiere wild kreischend durchs Dickicht brachen, alles Gras sich duckte, das Echo in den Bergen widerhallte und die Berge erzitterten. Die Klageweiber hatten ihr Haar gelöst, um ihren Batyr Kultsche zu beweinen. Die Dschigiten waren niedergekniet, um die sterbliche Hülle auf ihre starken Schultern zu heben. Alles wartete, daß der Batyr herausgetragen werde. Auf der Waldlichtung standen, die Vorderläufe gefesselt, neun Opferstuten, neun Opferstiere und neunmal neun Opferlämmer zum Leichenschmaus bereit.

Und da geschah das Unerhörte. Die Stämme am Enesaj mochten unter sich noch so verfeindet sein, wenn sie jedoch ihren Häuptling begruben, war es üblich, nicht übereinander herzufallen. Diesmal aber hatte ein Heerhaufe der Feinde am frühen Morgen das in Trauer erstarrte Kirgisenlager unbemerkt umzingelt und griff schlagartig von allen Seiten her an, so daß keine Zeit blieb, sich in den Sattel zu schwingen oder zur Waffe zu greifen. Da begann ein unvorstellbares Gemetzel. Sie brachten einen nach dem andern um. Das hatten die Feinde ersonnen, um diesen dreisten Kirgisenstamm mit einem Mal zu zerschlagen. Sie brachten alle bis auf den letzten Mann um, damit es keinen mehr gäbe, sich an diese Untat zu erinnern, damit niemand mehr Rache nähme, damit die Zeit alle Spuren verwischte und es diesen Stamm so gut wie nie gegeben hätte...

Wie lange dauert es, bis man einen Menschen geboren und großgezogen hat – umgebracht ist er im Handumdrehen. Viele lagen schon erschlagen am Boden, versanken im Blut, viele stürzten in den Fluß, um sich vor Lanzen und Schwertern zu retten, und ertranken in den Fluten des Enesaj. Am ganzen Flußufer entlang, an Steilhängen und in Schluchten gingen meilenweit Kirgisenjurten in Flammen auf. Niemandem gelang es zu fliehen, Überlebende gab es nicht. Alles wurde dem Erdboden gleichgemacht, verbrannt. Die Leichen der Gemetzelten wurden von den Steilufern in den Enesaj geworfen. Die Feinde frohlockten: »Jetzt gehört das Land uns! Jetzt gehört der Wald uns! Jetzt sind diese Herden unser!«

Mit reicher Beute zogen die Eroberer ab und merkten gar nicht, daß zwei Kinder, ein Junge und ein Mädchen, aus dem Wald kamen. Ausgelassen hatten die beiden nicht gehorcht und waren schon früh am Morgen heimlich in den nahen Wald gelaufen, um Bast für Körbe zu sammeln. Ins Spiel vertieft hatten sie nicht gemerkt, daß sie immer tiefer in den Wald gerieten. Als sie nun das Geschrei und das Getöse hörten, liefen sie zurück, fanden aber lebend niemanden mehr vor, die Väter nicht, die Mütter nicht, auch nicht Brüder und Schwestern. Die Kinder hatten ihre Familie, den ganzen Stamm verloren. Weinend flohen sie die Brandstätten. Mit einem Mal waren sie verwaist. Mutterseelenallein auf der weiten Welt. Staubwolken ballten sich in der Ferne, dort, wo die Feinde

Pferde- und Schafherden, die sie nach blutigem Ansturm geraubt hatten, davontrieben.

Kaum hatten die Kinder den von Hufen aufgewirbelten Staub wahrgenommen, als sie auch schon hinterherstürzten. Einem grausamen Feind rannten weinend und schreiend zwei Kinder nach. Wie nur Kinder es tun. Statt sich vor den Mördern zu verstekken, liefen sie, um sie einzuholen. Nur nicht allein bleiben! Nur fort von diesem unheiligen Ort der Zerstörung! Der Junge und das Mädchen faßten sich an den Händen und rannten dem Troß nach, baten, doch auf sie zu warten, baten, sie mit sich zu nehmen. Wer aber hätte in dem Tumult, im Wiehern und Stampfen der davonstiebenden Beute ihre Stimmchen hören sollen!

Lange liefen sie so und waren verzweifelt, der Junge und das Mädchen. Doch niemanden holten sie ein. Sie fielen erschöpft zu Boden. Sie hatten Angst, sich umzusehen. Angst, sich zu rühren. Es grauste sie. Sie schmiegten sich aneinander und merkten nicht, wie sie einschliefen.

Nicht von ungefähr heißt es, daß Waisenkinder sieben Leben haben. Die Nacht verlief ohne Zwischenfälle. Es kam kein wildes Tier, und keine Waldungeheuer verschleppten sie. Als sie erwachten, war es Morgen. Hell schien die Sonne. Vögel sangen. Die Kinder standen auf und wieder folgten sie der Spur der Herden. Unterwegs sammelten sie Beeren und Wurzeln. Sie zogen immer weiter, und am dritten Tag machten sie auf einem Berg halt. Und als sie hinunterschauten, sahen sie, daß auf einer grünen Wiese ein Freudenfest gefeiert wurde. Die Jurten waren gar nicht zu zählen, die da standen, auch nicht die Lagerfeuer, die angezündeten. Erst recht nicht zu zählen waren die Menschen, die sich um die Lagerfeuer niedergelassen hatten. Die Mädchen saßen auf Schaukeln und sangen. Zur Unterhaltung der anderen umkreisten die jungen Burschen einander wie junge Königsadler, bevor sie sich beim Ringkampf zu Boden warfen. So feierten die Feinde ihren Sieg.

Da standen also der Junge und das Mädchen auf dem Berg und konnten sich nicht entschließen, dorthin zu gehen. Sie wären gern am Feuer gewesen, wo es so gut nach Gebratenem, nach frischem Brot und wilden Zwiebeln roch.

Irgendwann hielten sie es nicht mehr aus und stiegen hinab. Man staunte über die beiden Ankömmlinge und umringte sie in Scharen.

»Wer seid ihr denn? Wo kommt ihr denn her?«

»Wir haben Hunger«, sagten der Junge und das Mädchen. »Gebt uns zu essen.«

Da war es klar, wer sie waren, so wie sie redeten. Da ging gleich ein Zetern und Streiten los: Sollte die Brut des Feindes sofort erschlagen oder zuerst dem Khan vorgeführt werden? Während sie noch stritten, fand sich eine barmherzige Frau, die jedem von ihnen ein Stück gebratenes Pferdefleisch zusteckte. Sie aßen noch gierig davon, als sie schon zum Khan geführt wurden. Man brachte sie vor ein großes rotes Zelt, das von zwei Posten mit silbernen Streitäxten bewacht wurde. Mittlerweile verbreitete sich die alarmierende Nachricht von den aufgetauchten Kirgisenkindern wie ein Lauffeuer. Was das wohl zu bedeuten hatte? Alle ließen Spiel und Festmahl sein und kamen in Scharen vor das Zelt des Khans. Der hatte mit seinen vornehmsten Kriegern auf einem schneeweißen Filzteppich Platz genommen, trank mit Honig gesüßten Kumys und hörte sich Lobeshymnen an. Und als der Khan vernahm, weshalb man ihn behelligte, packte ihn jähe Wut: »Wie könnt ihr es wagen, mich zu stören? Haben wir den Kirgisenstamm etwa nicht ausgerottet? Hab ich euch nicht für immer und ewig zu Herrschern über den Enesaj gemacht? Was kommt ihr angerannt, ihr feigen Seelen? Seht ihr nicht, wen ihr vor euch habt? Wo ist die pockennarbige lahme Alte«, schrie der Khan. Und als die aus der Menge hervortrat, befahl er ihr: »Schaff die beiden in die Taiga, und sorg dafür, daß es endgültig um den Stamm der Kirgisen geschehen ist, daß nicht eine Spur bleibt, und ihr Name soll vergessen sein. Beeil dich, pockennarbige lahme Alte, und tu, wie dir geheißen...«

Die pockennarbige lahme Alte gehorchte, nahm den Jungen und das Mädchen bei der Hand und führte sie fort. Lange gingen sie durch den Wald, dann kamen sie an ein Steilufer des Enesaj. Hier hieß die pockennarbige lahme Alte sie stehenzubleiben und sich am Rand des Steilufers nebeneinander aufzustellen. Bevor sie die Kinder hinabstieß, sprach sie:

»Du bist ein großer Fluß, Enesaj. Wenn man einen Berg in deine reißende Tiefe wirft, versinkt er wie ein Stein. Wirft man dir eine hundertjährige Kiefer zu, trägst du sie fort wie einen Hobelspan. Nimm also auch die beiden Staubkörnchen hier in deine Fluten auf, sind bloß zwei Menschenkinder. Auf der Erde ist kein Platz für sie. Muß ich dir mehr noch erzählen, Enesaj? Wenn die Sterne Menschen wären, hätten sie nicht genug Platz am Himmel. Wenn die Fische Menschen wären, hätten sie nicht genug Platz in all den Flüssen und Meeren. Muß ich dir wirklich noch mehr erzählen, Enesaj? Nimm sie und trag sie fort. Sollen sie unsere schnöde Welt getrost in jungen Jahren verlassen, mit reinem Herzen und kindlich reinem Gewissen, das noch nicht befleckt ist von bösen Gedanken und bösen Taten, damit sie menschliches Leid nicht kennenlernen und anderen Leid zufügen. Nimm sie zu dir, großer Enesaj...«

Beide weinten, der Junge und das Mädchen. Was sollten sie mit den feierlichen Worten der Alten anfangen, wenn es furchterregend war hinunterzusehen. In der Tiefe überschlugen sich tosend die Wellen.

»Umarmt euch noch ein letztes Mal, Kinder«, sagte die pockennarbige lahme Alte. Sie schlug sich schon die Ärmel hoch, um die Kinder besser hinunterzustoßen zu können. Dann sagte sie noch: »Verzeiht mir, ihr Kinder. Das Schicksal will es so. Es ist ja auch mir zuwider, und doch ist es zu eurem Besten ...«

Kaum hatte sie das gesagt, als sie in ihrer Nähe eine Stimme hörte:

»Warte, große weise Frau. Töte die unschuldigen Kinder nicht!«

Die pockennarbige lahme Alte drehte sich um und staunte sehr, als sie vor sich einen Hirsch sah, eine Maralkuh. Groß sind ihre Augen, vorwurfsvoll und traurig blicken sie sie an. Ganz weiß ist sie, die Hirschkuh, wie Erstmilch so weiß, den Bauch mit bräunlicher Wolle bewachsen wie bei einem Kamelkälbchen. Und ihr Geweih ist eine Pracht, so verzweigt wie das Geäst eines Baumes im Herbst. Und ihr Euter rein und prall wie die Brüste einer stillenden Mutter.

»Wer bist du denn? Und warum sprichst du wie ein Mensch?« fragte die pockennarbige lahme Alte.

»Ich bin eine Hirschkuh«, erwiderte sie, »und ich spreche so, weil du mich sonst nicht verstehen und mir nicht zuhören würdest.«

»Und was willst du, Hirschkuh?«

»Laß die Kinder frei, große weise Frau. Ich bitte dich, überlaß sie mir.«

»Und was willst du mit ihnen tun?«

»Menschen haben meine beiden Hirschkälbchen getötet. Und jetzt suche ich nach anderen Kindern.«

»Willst sie wohl aufziehen?«

»Ja, große weise Frau.«

»Hast du es dir auch gut überlegt, Hirschmutter?« Die pockennarbige lahmte Alt lachte. »Das sind doch Menschenkinder. Die werden groß und fallen über deine Hirschkälbchen her.«

»Wenn sie groß sind, werden sie meine Kälbchen nicht töten«, erwiderte ihr die Hirschmutter. »Ich bin doch ihre Mutter und sie sind meine Kinder. Glaubst du vielleicht, sie schlagen die eigenen Geschwister tot?«

»Sag das nicht, du kennst die Menschen nicht, Hirschmutter.« Die pockennarbige lahme Alte schüttelte den Kopf. »Wenn es nur die Tiere des Waldes wären, aber sie machen selbst nicht voreinander halt. Ich würde dir die beiden Waisen ja geben, damit du erfährst, wie recht ich habe, doch die Menschen werden dir auch diese Kinder nehmen und sie umbringen. Willst du dir denn so viel Kummer bereiten?«

»Ich bringe die Kinder in ein entferntes Land, wo niemand sie findet. Hab Mitleid mit den Armen, große weise Frau, und laß sie gehen. Ich werde ihnen eine gute Mutter sein. Übervoll ist mein Euter. Meine Milch jammert den Kindern nach. Sie ruft nach Kindern.«

»Nun gut, wenn das so ist«, murmelte die pockennarbige lahme Alte nachdenklich, »dann nimm sie und bring sie schnell fort. Bring die Waisenkinder in dein entferntes Land. Wenn sie aber auf dem weiten Weg umkommen, wenn sie von Wegelagerern erschlagen werden, wenn sie es dir eines Tages mit bösem Undank heimzahlen, dann hast du selbst schuld daran.«

Da dankte die Hirschmutter der pockennarbigen lahmen Alten, und zu dem Jungen und dem Mädchen sagte sie:

»Jetzt bin ich eure Mutter, und ihr seid meine Kinder. Ich bring euch weit weg von hier, wo inmitten von bewaldeten und verschneiten Bergen ein warmes Meer liegt, der Issyk-Kul.«

Die Kinder freuten sich und rannten übermütig hinter der Gehörnten Hirschkuh her. Irgendwann wurden sie müde, waren erschöpft. Lang war der Weg von einem Ende der Welt zum andern. Sie wären nicht mehr weit gekommen, hätte die Gehörnte Hirschkuh ihnen nicht ihre Milch zu trinken gegeben und sie des Nachts nicht mit ihrem Körper gewärmt. Lange waren sie so unterwegs. Ihre alte Heimat am Enesaj hatten sie längst hinter sich gelassen, und bis zu ihrer neuen Heimat am Issyk-Kul war es noch sehr weit. Den Sommer und den Winter, den Frühling, den nächsten Sommer und den Herbst, wieder einen Sommer und einen Winter, noch einen Frühling, noch einen Sommer und noch einen Herbst bahnten sie sich ihren Weg durch tiefe Wälder, über glühendheiße Steppen, durch Treibsand, über Hochgebirge und reißende Flüsse. Wolfsrudel machten Jagd auf sie, aber die Gehörnte Hirschkuh ließ die Kinder aufsitzen und brachte sie vor den wilden Tieren in Sicherheit. Auch berittene Jäger setzten ihnen nach und schossen auf sie. »Die Hirschkuh hat Menschenkinder entführt! Haltet, fangt sie!« schrien sie und sandten ihnen ihre Pfeile nach. Die Gehörnte Hirschmutter aber schützte ihre Kinder auch vor diesen ungerufenen Helfern, denn sie jagte schneller als die Pfeile und flüsterte nur: »Haltet euch gut fest, meine Kinder! Wir werden verfolgt!«

Und dann hatte die Gehörnte Hirschmutter ihre Kinder endlich an den Issyk-Kul gebracht. Sie standen auf einem Berg und staunten über die Maßen. Ringsum schneebedeckte Gipfel, in den Tälern grüner Wald, und dahinter erstreckt sich, so weit das Auge reicht, ein Meer. Weiße Wellenkämme auf blauem Wasser, von fern treibt der Wind sie heran, weit fort treibt er sie wieder. Wo der Issyk-Kul anfängt und wo er aufhört, das ist nicht zu erkennen. Wenn auf der einen Seite die Sonne aufgeht, ist auf der anderen noch Nacht. Wie viele Berge um den Issyk-Kul herumstehen – keiner hat sie je gezählt. Und was sich hinter diesen Bergen an Schneegipfeln auftürmt, ist nicht zu erraten.

»Das also ist nun eure neue Heimat«, sagte die Gehörnte Hirschmutter. »Hier werdet ihr von nun an wohnen, den Boden beackern, Fische fangen und Vieh züchten. Hier könnt ihr für die nächsten tausend Jahre in Frieden leben. Euer Geschlecht soll sich fortpflanzen und mehren. Eure Kinder und Kindeskinder sollen auch die Sprache nicht vergessen, die ihr mitgebracht habt, mag es ihnen immer leicht ums Herz sein, wenn sie in der Muttersprache reden oder singen. Lebt wie es Menschen zusteht. Ich will für immer und alle Zeiten in eurer und eurer Kinder Nähe sein.«

So fanden der Junge und das Mädchen, die beiden Letzten aus dem Stamm der Kirgisen, eine neue Heimat am segensreichen, ewigen Issyk-Kul.

Und wie schnell die Zeit verging. Der Junge wuchs zu einem stattlichen Mann heran und das Mädchen zu einer ansehnlichen Frau. Sie heirateten, wurden Mann und Frau. Die Gehörnte Hirschmutter aber blieb am Issyk-Kul und lebte in den umliegenden Wäldern.

Einmal, im Morgengrauen, geriet der Issyk-Kul in Aufruhr und tobte. Die Frau sollte gebären und lag in den Wehen. Dem Mann wurde angst, er lief den erstbesten Felsen hinauf und schrie aus Leibeskräften:

»Wo bist du denn nun, Gehörnte Hirschkuh! Du hörst doch, wie der Issyk-Kul braust und tost. Deine Tochter liegt in den Wehen. Komm, so schnell du kannst, Gehörnte Hirschmutter, und hilf!«

Da hörte er von fern ein Klingeln, als läute ein Karawanenglöckchen. Der Klang kam immer näher. Es war die Gehörnte Hirschkuh. In ihrem Geweih trug sie einen Beschik, eine Kinderwiege. Der Beschik war aus weißem Birkenholz, und am Bügel läutete ein Silberglöckchen. Auch heute noch klingelt das Glöckchen an den Kinderwiegen der Leute vom Issyk-Kul.

Wenn die Mütter ihre Wiegen schaukeln, läutet das Silberglöckchen, als käme die Gehörnte Hirschkuh von weither angesprungen, mit der im Geweih aufgehängten Kinderwiege aus Birkenholz.

Kaum war die Gehörnte Hirschkuh erschienen, da gebar die Frau auch schon ihr Kind.

»Der Beschik hier ist für euer Erstgeborenes«, verkündete die Gehörnte Hirschmutter. »Ihr sollt noch viele Kinder haben, sieben Söhne und sieben Töchter.«

Da freuten sich der Vater und die Mutter und nannten ihren ersten Sohn zu Ehren der Gehörnten Hirschmutter Bugubay. Bugubay wuchs heran, nahm sich ein schönes Mädchen vom Stamm der Kiptschak und gründete das Geschlecht der Bugus, den Stamm der Gehörnten Hirschkuh. Der Stamm der Bugus am Issyk-Kul wurde groß und mächtig. Die Bugus verehrten die Gehörnte Hirschkuh wie eine Heilige. Über den Eingängen zu ihren Zelten hing ein gesticktes Symbol, ein Maralgeweih, damit schon von weitem zu sehen war, daß dieses Zelt zum Bugu-Stamm gehörte. Wenn die Bugus Angriffe von Feinden zurückschlugen oder auch bei Pferderennen, erscholl ihr Kampfruf »Bugu!« Damit war den Bugus der Sieg jedesmal gewiß. Und in den Wäldern am Issyk-Kul wanderten damals mit ausladenden Geweihen bewehrte weiße Marale umher, auf deren Schönheit sogar die Sterne am Himmel neidvoll herabblickten. Sie alle waren Kinder der Gehörnten Hirschkuh. Niemand kam ihnen zu nah, niemand ließ zu, daß ihnen ein Leid geschah. Wenn ein Bugu einem Maral begegnete, stieg er aus dem Sattel und ließ ihn vorbei. Die Schönheit ihrer Bräute verglichen sie mit der Schönheit des weißen Marals...

So blieb es, bis eines Tages ein sehr reicher und höchst vornehmer Bugu starb. Er nannte Abertausende von Schafen und Pferden sein eigen, und alle Leute im Umkreis hatten sich als Hirten bei ihm verdingt. Seine Söhne bereiteten eine gewaltige Totenfeier vor. Sie luden die bedeutendsten Männer aus der näheren und weiteren Umgebung ein. Hunderttausend Zelte ließen sie am Ufer des Issyk-Kul für die Gäste aufstellen. Wieviel Vieh geschlachtet, wieviel Kumys getrunken und wieviel reichhaltige Kost aus Kaschgar gereicht wurde, läßt sich nicht nachrechnen. Die Söhne des reichen Verstorbenen stolzierten wichtigtuerisch einher: Alle sollten sehen, was für reiche und großzügige Erben der teure Tote hinterlassen hatte, wie hoch sie ihn achteten und seinen Namen in Ehren hielten... (»Ach, mein Junge, es ist nie gut, wenn die Leute statt durch ihren Verstand durch ihren Reichtum glänzen!«)

Und die Sänger ritten auf feurigen Rossen daher, die die Söhne des Toten ihnen geschenkt hatten, spreizten sich in geschenkten Zobelfellmützen und gesteppten Mänteln aus Seide und sangen um die Wette Lobeshymnen auf den Verstorbenen und seine Hinterbliebenen:

»Wo unter der Sonne findest du ein so freudvolles Leben, ein derart üppiges Totenfest?« sang der erste.

»Seit der Erschaffung der Welt hat es dies bis zum heutigen Tag noch nicht gegeben«, sang der zweite.

»Nirgendwo, nur bei uns weiß man Eltern so zu ehren, gedenkt man der Ehre und des Ruhms der Eltern, ehrt man ihre heiligen Namen«, singt ein dritter.

»Was schreit ihr da, ihr singenden Soldschreiber! Gibt es denn Worte, die diese Freigebigkeit, gibt es denn Worte, die den Ruhm des Entschlafenen angemessen fassen könnten?« protestierte der vierte.

Und so wetteiferten sie bei Tag und bei Nacht. (»Ach, mein Junge, es ist schlimm, wenn Sänger lobhudeln. Sie werden zu Feinden des Gesangs.«)

Diese berühmte Bestattungsfeier zog sich über Tage hin, wahre Feiertage. Die ruhmsüchtigen Söhne des reichen Mannes wollten alle anderen in den Schatten stellen, damit ihr Ruhm um die ganze Welt eile. Da verfielen sie darauf, auf dem Grab ihres Vaters ein Maralgeweih aufzustellen, damit alle wußten, daß hier die Ruhestätte ihres ruhmreichen Vorfahren aus dem Geschlecht der Gehörnten Hirschkuh war. (»Ach, mein Junge, schon in grauer Vorzeit haben die Menschen gesagt, daß Reichtum Hochmut hervorbringt und Hochmut Unverstand.«)

Doch die Söhne des reichen Mannes wollten das Andenken ihres Vaters auf so unerhörte Weise ehren und nichts hielt sie davon ab. Gesagt – getan! Sie sandten Jäger aus, die erlegten einen Maral und hackten ihm das Geweih ab. Ein Prachtexemplar, ausladend wie die Flügel des auffliegenden Adlers. Den Söhnen gefiel das Maralgeweih, ein Achtzehnender, also hatte er achtzehn Jahre gelebt! Welch ein Maral. Sie trugen den Männern auf, das Geweih über der Grabstätte zu errichten.

Die Stammesältesten waren empört.

»Mit welchem Recht habt ihr den Maral getötet? Wer wagt es, seine Hand wider einen Nachkommen der Gehörnten Hirschmutter zu erheben?«

Darauf die Hinterbliebenen des reichen Mannes:

»Erlegt worden ist der Hirsch auf unserem Grund und Boden. Alles, was auf unseren Besitzungen kreucht und fleucht, ob Mücke oder Kamel, gehört uns. Und wie wir mit unserem Eigentum umzugehen haben, wissen wir selbst. Und jetzt macht, daß ihr fortkommt!«

Ihre Diener peitschten die Stammesältesten aus, setzten sie verkehrt herum aufs Pferd und jagten sie mit Schimpf und Schande davon.

So fing es an ... Große Not kam über die Kinder der Gehörnten Hirschkuh. Fast jeder machte in den Bergen Jagd auf den weißen Maral. Jeder Bugu hielt es für eine heilige Pflicht, auf dem Grabmal seiner Ahnen ein Maralgeweih aufzustellen. Das galt nun als schöne Geste, als besonderer Ehrenbeweis für den Toten. Wer kein Geweih erobert hatte, galt als ohne

Würde. Bald wurden Maralgeweihe gehandelt und auf Vorrat angeschafft. Es dauerte nicht lange, und es kamen Leute aus dem Stamm der Gehörnten Hirschmutter, deren Beruf es war, Maralgeweihe zu beschaffen und zu verkaufen. (»Ach, mein Junge, wo Geld im Spiel ist, haben die Schönheit und ein gutes Wort ausgedient.«)

Eine verdammte Zeit brach für die Marale in den Wäldern am Issyk-Kul an. Gnadenlos wurde ihnen nachgestellt. Die Marale zogen sich in unzugängliche Felsregionen zurück, aber auch dort spürte man sie auf. Man ließ Windhunde auf die Marale los, um sie den Bogenschützen, die im Hinterhalt lagen, entgegenzutreiben, und die trafen, ohne einen Fehlschuß zu tun. Sie töteten die Marale rudelweise. Es ging so weit, daß Wetten abgeschlossen wurden, wer wohl die Geweihe mit den meisten Enden erbeuten mochte.

Und dann gab es keine Marale mehr. Die Berge waren verödet. Weder um Mitternacht noch gegen Morgen hörte man den Maral. Im Wald waren sie nicht mehr zu sehen, auf den Lichtungen nicht mehr, dort, wo sie ästen, wo sie mit zurückgeworfenem Gehörn, wie ein Vogel im Flug über Abgründe setzten. Immer mehr Menschen wurden geboren, die in ihrem Leben noch nie einen Maral gesehen hatten. Sie hatten nur die Geschichten von ihnen gehört oder auf Gräbern ihre Geweihe gesehen.

Und was ist aus der Gehörnten Hirschmutter geworden?

Sie war böse geworden auf die Menschen, sehr böse. Es wird erzählt, als sich die Marale schon nicht mehr zu retten wußten vor Kugeln und Jagdhunden, als die überlebenden Marale an den Fingern einer Hand hätten abgezählt werden können – da sei die Gehörnte Hirschkuh auf den höchsten Gipfel gestiegen, habe sich vom Issyk-Kul verabschiedet und die letzten ihrer Kinder über den großen Paß geführt, in eine andere Gegend, in eine andere Bergwelt.

So hat es sich zugetragen. Und damit ist das Märchen zu Ende. Kannst es glauben, mußt es aber nicht...

Als die Gehörnte Hirschmutter fortzog, hat sie geschworen, nie mehr zurückzukommen...

5

Wieder wurde es Herbst in den Bergen. Wieder richteten sich nach einem bewegten Sommer alle auf die Herbststille ein. Der Staub der Viehherden hatte sich gelegt. Erloschen waren die Lagerfeuer. Die Herden waren für den Winter fortgezogen. Fortgezogen waren auch die Menschen. Die Berge lagen verödet.

Die Adler flogen wieder allein und ließen nur noch selten den Adlerschrei hören. Auch der Fluß tönte dumpfer: Den Sommer über hatte sich der Fluß an sein Bett gewöhnt und war bequem und flach geworden. Das Gras hörte zu wachsen auf und welkte über der Wurzel. Die Blätter hatten die Kraft nicht mehr, sich an den Zweigen festzuhalten und fielen hier und da zu Boden.

Auf die höchsten Gipfel legte sich des Nachts schon der erste silbrig schimmernde Schnee. Gegen Morgen waren die dunklen Kämme der Bergriesen angegraut wie beim Schwarzfuchs das Nackenhaar.

Der Wind in den Schluchten kühlte ab und war schon recht kalt. Trotzdem war es tagsüber noch immer hell und trocken.

Die Wälder jenseits des Flusses hinter der Forstsiedlung machten den herbstlichen Wandel schnell mit. Vom Fluß aufwärts bis ganz hoch an den Schwarzen Wald heran breitete sich wie Waldbrand herbstliches Rot über den Jungwald aus. Scharlachrot grell war das Espen- und Birkengehölz: Es reichte bis an die untere Grenze des Hochwaldes heran, an das dunkle Reich der Kiefern und Tannen.

Im Hochwald war es wie immer sauber und ehrfurchtgebietend wie in der Kirche. Nichts als feste braune Stämme, trockener Harzgeruch und rotbraune Nadeln, die als Teppich den Waldboden bedeckten. Nichts als der Wind, der unhörbar durch die Wipfel der alten Kiefern strich.

Heute jedoch, seit dem frühen Morgen schon, spektakelten aufgebrachte Dohlen über den Bergen. Ein wütend krächzender großer Schwarm kreiste ständig über dem Kiefernwald. Sie waren aufgefahren, als sie die ersten Axthiebe vernahmen, lärmten wild durcheinander, als beraubte man sie am hellichten Tage, und folgten zwei Männern, die einen frisch gefällten Kiefernstamm den Berg hinunterrollten.

Sie hatten den Stamm mit Ketten an ein Pferdegespann gehängt. Oroskul ging voran und hielt das Pferd am Zaum. Er machte ein grimmiges Gesicht, immer wieder verfing sich sein Mantel im Gestrüpp, er ging und atmete schwer wie ein Ochs im Joch. Hinter ihm und dem Stamm hatte Großvater Momun Schwierigkeiten, Schritt zu halten. Auch ihm fiel in dieser Höhe das Atmen schwer, er rang nach Luft. Er hielt ein Birkenholz, mit dem er den Stamm freihebeln mußte, der sich mitunter zwischen Baumstümpfen oder größeren Steinen verkantete und, wenn es bergab ging, wild darauf war, sich querzulegen und den Hang waagerecht hinabzukollern. Dann wäre alles zu spät gewesen, und man hätte erschlagen werden können.

Gefährlicher war's für den, der den Stamm mit der Stange absichern mußte, aber konnte man es wissen? Oroskul war schon ein paarmal erschrocken weggesprungen, und jedesmal stieg ihm die Schamröte ins Gesicht, wenn er sah, wie der Alte Kopf und Kragen riskierte, um den Stamm am Abhang zu halten, bis er, Oroskul, zum Pferd zurückgekehrt war, um die Zügel wieder aufzunehmen. Doch man sagt nicht grundlos, daß einer, um die eigene Schmach zu verhüllen, tunlichst den anderen schmähen soll.

»Was denn, willst mich wohl ins Jenseits befördern?« brüllte Oroskul den Schwiegervater an.

Es war niemand in der Nähe, der Oroskul hätte hören oder zurechtweisen können. Wo gab's denn das, so mit einem alten Mann umzuspringen! Der Schwiegervater wandte schüchtern ein, daß er selbst ja auch unter den Stamm hätte geraten können, warum er ihn also dermaßen anschreie, als sei es absichtlich geschehen.

Das verärgerte Oroskul noch mehr.

»Na, du machst mir Spaß!« entrüstete er sich. »Wenn's dich erwischt, so hast du dein Leben gehabt.

Was willst du noch. Wenn ich aber zerquetscht werde, wer soll dann deine gebärfaule Tochter übernehmen? Wer braucht die denn, unfruchtbar wie sie ist, wie ein zähes Stück Leder?«

»Bist wirklich ein schwieriger Mensch, mein Sohn. Hast keine Achtung vor den Menschen«, erwiderte Momun.

Oroskul hielt sogar ein und maß den Alten mit einem Blick.

»So ein Alter wie du müßte längst auf dem Ofen liegen und sich den Hintern wärmen. Aber du steckst jeden Monat deinen Sold ein, wieviel das auch immer sein mag. Und was glaubst du wohl, wo das Geld herkommt? Das geht alles über meinen Tisch! Sag bloß, das ist dir zu wenig Achtung!«

»Ist ja schon gut. Hab's ja nicht so gemeint«, gab Momun klein bei.

So zogen sie weiter. Eine Steigung nahmen sie noch, dann blieben sie an einem Abhang stehen und verschnauften. Das Pferd war schweißnaß, schaumbedeckt.

Die Dohlen kreisten immer noch aufgeregt schreiend. Es waren zum Fürchten viele, und sie schrien, als hätten sie heute den lieben langen Tag nichts anderes vor als zu schreien.

»Die merken auch, daß es einen frühen Winter gibt«, murmelte Momun, um das Thema zu wechseln und Oroskuls Zorn zu mäßigen. »Die versammeln sich hier noch mal vor dem Abflug nach Süden. Die mögen's gar nicht, wenn sie einer dauernd dabei stört«, sagte er noch, als müsse er sich für die unverständigen Vögel entschuldigen.

»Wer stört sie denn hier?« Oroskul drehte sich schroff um und lief puterrot an. »Was redest du bloß daher, Alter«, sagte er leise mit drohendem Unterton.

Da kannst du mal sehen, dachte er, so meint er das: Die Dohlen in Ruhe lassen und die Kiefern nicht anrühren! Und brich nur ja keinen Zweig ab! So siehst du aus! Noch bin ich hier der Chef! Er fixierte den kreischenden Schwarm: »Jetzt müßte ein Maschinengewehr her!« Damit wandte er sich ab und tat einen unflätigen Fluch.

Momun schwieg. An das Gefluche seines Schwiegersohns würde er sich nie gewöhnen können.

Jetzt hat's ihn wieder erwischt, dachte der Alte betrübt. Wenn der jetzt noch was zu trinken kriegt, wird er wieder zum Tier. Und wenn er einen Kater hat, ist's genauso. Dann darf ihn keiner ansprechen. Warum werden die Leute bloß so? grämte sich Momun. Du sagst ihm was im guten, er vergilt's dir mit Bösem. Schämt sich nicht und besinnt sich auch keines bessern. Als müßte das alles so sein. So einer glaubt sich immer im Recht. Hauptsache, ihm geht's gut. Alle um ihn herum müssen's ihm recht machen. Und wenn du nicht willig bist, zwingt er dich. Man kann von Glück sagen, daß so einer hier in den Bergen hockt, im Wald, und bloß zwei, drei Leute unter sich hat, mehr nicht.

Wenn so einer weiter oben an der Macht ist? O Gott, nur das nicht... So einer ist überall anzutreffen. Die passen schon auf, daß sie nicht zu kurz kommen. Vor so einem bist du nirgendwo sicher. Der ist immer schon vor dir da, stöbert dich überall auf. Um herrlich und in Freuden zu leben, rütteln sie dir die Seele aus dem Leib. Und haben auch noch recht dabei. So was wird eben nie versetzt...

»Genug gestanden«, dröhnte Oroskul in die Grübeleien des alten Mannes hinein. »Los weiter.«

Also setzten sie ihren Weg fort.

Oroskul war schon den ganzen Tag schlecht gelaunt. Heute morgen, als es hieß, mit Axt und Säge rüber ans andere Flußufer, mußte Momun noch schnell seinen Enkel zur Schule bringen. Der Alte war doch völlig verblödet. Jeden Morgen sattelt er jetzt den Gaul und bringt den Jungen zur Schule. Irgendwann reitet er wieder los und holt ihn zurück. Rackert sich ab mit diesem verlassenen Bankert. Um Himmels willen, der darf doch nicht zu spät zur Schule kommen! Und dabei haben wir hier gerade ein Unternehmen begonnen, von dem noch keiner weiß, wie es ausgeht – das kann demnach warten, soll das wohl heißen? »Bin im Nu wieder da«, sagt er, »ist mir vor der Lehrerin peinlich, wenn der Junge zu spät zum Unterricht kommt.« Vor so einer ist ihm was peinlich! Hammel! Wer ist denn das schon, so eine Lehrerin! Läuft jahrelang im selben Mantel herum. Schleppt sich mit Heften und Taschen ab. Fährt per Anhalter.

Dauernd muß sie in die Stadt, immerzu fehlt ihr etwas, Kohlen für die Schule, Fensterglas, Kreide und Putzlappen. Ist denn etwa eine ordentliche Lehrerin in so einer Schule? Und was die sich für einen Namen ausgedacht haben: Zwergschule! Wirklich, nur was für Zwerge. Was soll die nur? In der Stadt, da gibt es richtige Lehrer. Und die Schulen sind ganz aus Glas. Und die Lehrer tragen alle einen Schlips. Ist eben in der Stadt. Und wie die Obrigkeit da durch die Straßen kutschiert. Und die Wagen erst! Man möchte stehenbleiben, bis die vorübergeschwebt sind, die schwarzen Limousinen, blitzend, elegant. Und die Städter tun natürlich so, als würden sie diese Wagen gar nicht sehen. Keine Zeit, müssen immer dringend irgendwohin. Das ist Leben in der Stadt. Da müßte man hin und sich ein hübsches Plätzchen sichern. Da wird der Mensch nach seinem Amt geachtet. So gehört es sich, also wird man respektiert. Hast du eine hohe Stellung, ist der Respekt auch entsprechend. Menschen mit Kultur. Und war man irgendwo zu Besuch oder hat ein Geschenk angenommen, braucht man noch lange nicht Stämme anzuschleifen oder so was. Nicht so wie hier, daß einer einen Fünfziger, wenn's hochkommt einen Hunderter, rausrückt, dann das Holz wegschleppt und einem zu guter Letzt auch noch eine Beschwerde anhängt: Oroskul, das korrupte Miststück, hat wieder hier, hat wieder da... diese Rückständigkeit! Wahrhaftig, die Stadt, das wäre was... Die Berge, die Wälder, zum Teufel damit und die dreimal vermaledeiten Stämme dazu und das Weib mit dem verödeten Bauch und dieser hirnlose Alte und das Bürschchen da, mit dem der so viel Aufhebens macht, als wär es ein Wunderkind. Würde mich endlich mal rausmachen wie ein Pferd auf Hafermast. Und würde mir Respekt verschaffen: »Oroskul Balashanowitsch, dürfte ich bitte in ihr Arbeitszimmer kommen?« Und dann würde ich eine Städterin heiraten. Warum denn auch nicht? Meinetwegen eine vom Theater, so eine Schönheit, die singt und vor dir herumtänzelt, mit dem Mikrophon in der Hand. Denen soll es ja wichtig sein, daß der Mann eine Stellung hat. So eine würd ich mir nehmen und Schlips und Kragen umbinden. Und dann ab ins Kino. Ha, die würde mit ihren Stöckelabsätzen klappern und Duftwolken verbreiten. Die Leute würden sich umdrehen. Und eh du dich versiehst, sind schon die Kinder da. Wenn's ein Junge ist, wird er Jurist. Wenn's ein Mädchen ist, bekommt sie Klavierstunden. Merkt man doch gleich, wenn man Stadtkinder vor sich hat, sind intelligenter. Zu Hause wird nur noch Russisch gesprochen. Die würden ihr Dorfkauderwelsch ganz schnell vergessen. So würde er seine erziehen: »Papilein, Mamilein, ich will dies, ich will das ...« Als ob mir für die eigenen Kinder etwas zu schade wäre! Er würde den Leuten schon seine Überlegenheit zeigen, was für einer er ist. War er vielleicht schlechter als andere? Und die, die über ihm sitzen, sind die besser als er oder was? Das waren doch auch bloß Menschen wie er. Hatten eben mehr Glück gehabt. Das Glück war ihm aus dem Weg gegangen. Selber schuld. Nach den Forstwartkursen hätte er gleich in die Stadt ziehen müssen, aufs Technikum, wenn nicht gleich auf die Hochschule. Damals konnte es ihm eben nicht schnell genug gehen. Erst mal die Stellung gesichert. Klein, aber mein. Jetzt darfst du über die Berge kriechen und Baumstämme schleppen wie ein Esel. Und dann auch noch die Dohlen da. Was hatten die zu krakeelen und ihm überm Kopf zu kreisen? Jetzt ein Maschinengewehr.

Oroskul hatte allen Grund, mit seinem Schicksal zu hadern. Der Sommer war ihm davongelaufen, der Herbst stand vor der Tür, und mit dem Sommer waren auch die lustigen Tage vorbei, wo er sich bei Schaf- und Pferdehirten einladen konnte, so wie es in dem Lied hieß: »Wenn auf der Alm die Blumen verblühn, wird's höchste Zeit, ins Tal zu ziehn.«

Jetzt war der Herbst da. Zeit für Oroskul, seine Rechnung zu begleichen, die Ehrerbietung, die freie Bewirtung, Schulden abzugelten. Zeit, Versprechen einzulösen. Das entsprechend große Maul hatte er ja gehabt: »Was, du brauchst zwei Kiefernstämme für den Pferdestall, mehr nicht? Wozu viele Worte! Komm und hol sie bei mir ab.«

Er hatte herumschwadroniert, sich beschenken lassen, Wodka getrunken, und jetzt japste er, schwitzte, fluchte auf die Welt und schleifte die Stämme die Berge hinauf und hinunter. Und die legten sich auch noch quer. Sein ganzes Leben hatte sich ihm quergelegt. Ein verzweifelter Gedanke schoß ihm durch den Kopf: »Alles hinschmeißen und auf und davon!« Aber er wußte nur zu genau, daß er nie auf und davon gehen würde, niemand brauchte ihn, nirgendwo, und so ein Leben, wie er es sich vorstellte, würde er nirgendwo finden.

Er brauchte ja bloß mal auszuprobieren, von hier zu verschwinden, ohne die Versprechen zu halten! Die Freunde und Bekannten würden ihn doch verpfeifen. Ein nichtsnutziges Volk. Vorletztes Jahr hatte er einem Bugu-Verwandten für ein Lämmchen, das er angenommen hatte, einen Kiefernstamm versprochen, als es aber Herbst war, hatte er keine Lust mehr, wegen der Kiefer in die Berge zu steigen. Was nämlich leichter gesagt ist als getan. Versuche nur mal, da hinaufzuklettern, das Ding zu fällen und dann abzuschleppen. Und wenn die Kiefer auch noch Jahrzehnte alt ist, dann wird es eine wahre Plackerei. Für kein Gold der Welt nimmst du das auf dich. Außerdem war damals der alte Momun krank, lag im Bett. Und allein war das nicht zu schaffen. Keiner kommt ganz allein mit einem Stamm in den Bergen zurecht. Gefällt hätte er sie ja noch zur Not, aber abgeschleppt... Hätte er vorher gewußt, was da auf ihn zukommt, er wäre mit Sejdachmat hinauf und hätte die Kiefer geholt. Da er aber zu faul war, in die Berge zu steigen, beschloß er, sich den Verwandten mit dem erstbesten Baum vom Hals zu schaffen. Aber der ließ nicht mit sich reden: Einen echten Kiefernstamm und sonst nichts! »Ein Lamm kannst du mitnehmen, aber Wort halten nicht?« Da war Oroskul fuchsteufelswild geworden und hatte ihn vor die Tür gesetzt. Den hier willst du nicht haben – dann verschwinde! Aber der andere Kerl war auch nicht dumm und schrieb schnell eine Beschwerde gegen den Oberförster des Naturschutzwaldes am San Tasch, Oroskul Balashanow, und kritzelte so manches zusammen, Wahres und Unwahres, da hätte man den Oroskul glatt an die Wand stellen müssen als »Feind des Sozialistischen Waldes«. Dann wurde Oroskul noch lange vor verschiedene Untersuchungsausschüsse des Kreises und des Forstministeriums geschleppt. Er hatte mit Mühe und Not seinen Kopf aus der Schlinge gezogen. Eine schöne Verwandtschaft! Und wenn er dann noch hörte: »Wir sind alle Kinder der Gehörnten Hirschmutter. Einer für alle, alle für einen.« So ein Schwachsinn. Was war das denn für eine Hirschmutter, verdammt, wenn man für'n Fünfer verraten und verkauft wird oder im Gefängnis landet! Das war früher einmal, daß die Leute an Hirschkühe geglaubt haben. Primitive Hinterwäldler müssen das gewesen sein, zum Totlachen! Heutzutage haben wir Erziehung genossen und Kultur! Kein Bedarf mehr für Ammenmärchen!

Nach diesem Vorfall hatte sich Oroskul geschworen: Keiner, weder Bekannter noch Stammesbruder, und wäre er dreimal ein Kind der Gehörnten Hirschkuh, bekommt auch nur einen Ast, einen Zweig.

Dann wurde es wieder Sommer. Weiß leuchteten die Jurten auf den Almwiesen, die Herden blökten, an Bächen und Flüssen stieg wieder Rauch auf. Die Sonne schien, es roch berauschend nach Kumys, und die Blumen dufteten. Schön war es, in der frischen Luft vor einer Jurte zu sitzen, im grünen Gras, im Kreis der Freunde, sich am Kumys zu laben und Lammfleisch zu genießen. Dann noch ein Glas Wodka, damit man benebelt war. Und das Gefühl hatte, Bäume ausreißen zu können oder dem Berg dahinten an den Kragen zu gehen. An Tagen wie diesen hatte Oroskul seine Versprechen vergessen. Es war ihm wie Balsam, wenn er hörte, wie man ihn den großen Herrn vom großen Wald nannte. Dann machte er wieder Versprechungen, nahm wieder Geschenke an... Und wieder mal konnte eine der unter Naturschutz stehenden Kiefern nicht ahnen, daß ihre Tage, wenn erst der Herbst kam, gezählt waren.

Und der Herbst schlich unbemerkt über die abgeernteten Felder in die Berge und vagabundierte dort herum. Wo er auch immer vorbeikam, färbte er das Gras braun und die Blätter im Wald rot.

Die Beeren wurden reif. Die Lämmer wuchsen heran. Sie wurden in Herden aufgeteilt, Schafe und Böcke getrennt. Die Frauen bewahrten den getrockneten Käse in Wintersäcken auf. Die Männer hielten Rat, wer von ihnen als erster ins Tal ziehen sollte. Und alle, die mit Oroskul Absprachen getroffen hatten, machten ihm, bevor sie abzogen, vorsorglich klar, daß sie an einem bestimmten Tag zu einer bestimmten Stunde mit dem Lastwagen in die Siedlung kommen wollten, um das Holz abzuholen.

Und heute abend sollte ein Wagen mit Anhänger kommen, um zwei Kiefernstämme zu holen. Der eine war schon unten, den hatten sie übern Fluß geschafft und an eine Stelle gebracht, die der Wagen anfahren konnte. Das hier war der zweite Stamm, den sie hinunterwuchteten. Hätte Oroskul in diesem Augenblick alles zurückgeben können, was er im Wert dieser Stämme gegessen und getrunken hatte, er hätte es sofort getan, nur um Schluß zu machen mit dieser Plackerei, die er jetzt aushalten mußte.

Leider aber gab es kein Mittel, das verfluchte Los in den Bergen zu ändern, er mußte dieses verhaßte Leben hinnehmen, und das bedeutete unabänderlich: Wagen und Anhänger stehen heute abend bereit, um den Stamm über Nacht wegzuschaffen.

Er konnte von Glück sagen, wenn noch alles gut ausging. Die Straße führte durch die Sowchose und direkt am Kontor vorbei. Einen anderen Weg gab es nicht, und in der Sowchose kann immer mal die Miliz vorbeisehen oder eine staatliche Inspektion, und wer weiß, wer da aus dem Kreis noch dasein konnte. Und der brauchte die Holzfuhre nur zu sehen: »Wo kommt denn das Holz her, und wohin geht's? Wo bringt ihr das hin?«

Allein schon bei dem Gedanken lief es Oroskul kalt

den Rücken hinunter. Und die kalte Wut stieg in ihm hoch, auf alles in der Welt, auf die krakeelenden Dohlen da oben, auf den unseligen Momun, auf Sejdachmat, den Faulenzer, der rechtzeitig vor drei Tagen in die Stadt gefahren war, um Kartoffeln zu verkaufen. Der wußte doch genau, daß der Stamm den Berg hinunter mußte! Hatte sich aus dem Staub gemacht... Und kommt natürlich erst zurück, wenn das Geschäft auf dem Basar gelaufen ist. Anderenfalls hätte Oroskul angeordnet, daß er und der Alte den Stamm heranschaffen, statt sich hier selbst abzuschinden.

Aber Sejdachmat war weit weg, und an die Dohlen war auch nicht heranzukommen. Notfalls konnte er die Frau verprügeln, aber bis nach Hause war's noch eine Weile. Blieb eben nur der alte Momun. Keuchend und von der dünnen Bergluft noch wütender gemacht, fluchte Oroskul bei jedem Schritt und lief rücksichtslos durchs Unterholz und schonte weder das Pferd noch den hinter ihm dreinstapfenden Alten. Sollte der Gaul doch draufgehen, sollte der Großvater draufgehen oder er selbst am Herzschlag! Ihm ging's dreckig, was brauchte es den anderen gut zu gehen. Die ganze Welt konnte zusammenbrechen, denn hier war nichts so, wie es nötig war, nichts, wie es Oroskul von Amts und Verdienst wegen zugestanden hätte.

Oroskul hatte schon keine Gewalt mehr über sich und führte das Pferd quer durchs Gestrüpp direkt auf einen Abhang zu. Sollte doch Momun nur ein bißchen um den Stamm herumtanzen. Und wehe, er hielt ihn nicht! Dann erschlag ich den alten Dummkopf eben und Schluß, entschied Oroskul. Normalerweise hätte er sich mit so einem Stamm im Schlepptau nie an diesen gefährlichen Abhang herangewagt. Jetzt aber ritt ihn der Teufel. Momun konnte ihn nicht mehr aufhalten, konnte nur noch rufen: »Wohin willst du! Bleib stehen!«, als es den Stamm auch schon in der Kette herumwirbelte und dieser, die Büsche niederwälzend, den Berg hinabrollte. Der Stamm war feucht, schwer. Momun wollte noch die Stange ansetzen, der Schlag aber war so stark, daß es ihm den Hebel aus der Hand riß.

Es geschah alles sehr schnell. Das Pferd stürzte und schlitterte auf der Seite liegend den Hang hinunter. Dabei riß es Oroskul um. Der rutschte und klammerte sich krampfhaft an den Büschen fest. Und in diesem Augenblick sprangen irgendwelche Tiere mit Geweihen aufgeschreckt ins dichte Unterholz davon. Hoch und kräftig waren sie aufgesprungen und verbargen sich nun im Birkendickicht.

»Das waren ja Marale!« rief Großvater Momun außer sich vor Schreck und Freude. Und verstummte sofort, als traue er seinen Augen nicht.

Auf einmal war es still in den Bergen. Die Dohlen waren weg. Der Stamm hatte junge, kräftige Birkenstämme umgebogen und hing in der Schwebe. Das Pferd hatte sich im Zaumzeug verheddert, stand aber wieder auf den Beinen.

Ein reichlich zerschundener Oroskul kroch zur Seite. Momun sprang auf seinen Schwiegersohn zu, um ihm zu helfen.

»Heilige Mutter, unsere Gehörnte Hirschkuh! Sie war's, die uns gerettet hat. Hast du das gesehen? Das waren die Kinder der Gehörnten Hirschkuh. Unsere Mutter ist zurückgekommen. Hast du das gesehen?«

Noch nicht ganz überzeugt, daß alles vorüber war, kam Oroskul wieder auf die Beine, düster, zerknirscht, und klopfte sich ab.

»Quatsch nicht, Alter. Das reicht jetzt! Befrei lieber mal das Pferd aus dem Zaumzeug!«

Momun stürzte gehorsam los, um das Pferd freizubekommen. »O, du wunderbare Mutter, Gehörnte Hirschkuh!« murmelte er immer noch ergriffen. »Die Marale sind in unsere Wälder zurückgekommen. Sie hat uns nicht vergessen, die Gehörnte Mutter. Hat uns unsere Sünden vergeben...«

»Was brabbelst du da?« fuhr ihn Oroskul an. Er hatte seinen Schrecken überwunden, und wieder saß ihm die alte Wut im Bauch.

»Erzählst du wieder Märchen? Bist selbst nicht mehr beisammen und denkst, die Leute wollen dein Gefasel hören.«

»Hab sie doch mit eigenen Augen gesehen. Das waren Marale«, behauptete der alte Momun steif und fest. »Hast du sie denn nicht gesehen, mein Sohn? Du mußt sie doch auch gesehen haben.«

»Na und wenn schon. Sind wohl drei oder so vorbeigestrichen...«

»Ja, es waren drei. Schien mir auch so.«

»Na und? Dann waren's eben Marale. Hier hätte sich ein Mensch fast das Genick gebrochen. Ist das vielleicht ein Grund zur Freude? Und wenn schon, Marale, sind über den Paß gekommen. Drüben in Kasachstan hinter den Bergen soll es noch Marale geben. Da ist auch ein Naturschutzgebiet. Gut möglich, daß die dahin gehören. Die gehen wie sie kommen. Ist uns doch egal. Was geht uns Kasachstan an?« »Wenn die sich nun bei uns einleben?« Das malte sich Großvater Momun aus, »wenn sie doch blieben...«

»Jetzt reicht's!« fiel Oroskul ihm ins Wort. »Vorwärts!«

Ihnen stand ein langer Abstieg mit dem Stamm bevor, dann mußten sie ihn noch im Gespann über den Fluß schaffen. Auch nicht gerade einfach. Und dann, wenn sie den Stamm glücklich über den Fluß hatten, durften sie ihn bis zur Anhöhe schleifen, wo er auf den Wagen verladen werden konnte.

Was für Anstrengungen!

Oroskul war ganz unglücklich. Wo er auch hinsah: alles schien ihm ungerecht. Die Berge, sie fühlen nichts, wollen nichts, beklagen sich über nichts, genügen sich selbst; in die Wälder zieht der Herbst ein, dann auch der Winter, und sie finden das in Ordnung so. Und die Dohlen da, sind frei, fliegen und schreien, so viel sie wollen. Die Marale, wenn es wirklich welche waren, sind übern Paß gekommen und wandern durch den Wald, wie und wo es ihnen einfällt. In den Städten stolzieren die Leute unbekümmert über asphaltierte Straßen, fahren Taxi, hocken in Restaurants und überlassen sich ihren Vergnügungen. Ihn aber hatte das Schicksal in die Berge hier verschlagen, er ist unglücklich. Sogar dieser allzeitbereite Momun, sein nichtsnutziger Schwiegervater, war glücklicher, weil er noch an Märchen glaubte. Der Naivling. Die Dummen sind immer mit dem Leben zufrieden.

Oroskul haßt sein Leben. Es war gegen ihn. Dieses Leben war mehr für solche wie den allzeitbereiten Momun. Was brauchte der schon? Solange er lebt, macht er den Rücken krumm, tagein tagaus, ohne Unterlaß. In seinem ganzen Leben hat der noch nie einen Menschen unter sich gehabt, hat sich immer nur untergeordnet, selbst seiner Alten, bei der er kein Widerwort wagt. Dem armen Teufel genügt ein Märchen zum Glücklichsein. Jetzt hat er die Marale gesehen, und schon ist er zu Tränen gerührt, als hätte er nach einer Ewigkeit seine Brüder wiedergefunden.

Was sollte man dazu sagen...

Sie waren an der letzten Krümmung angelangt, wo der lange steile Abstieg zum Fluß begann. Sie hielten für eine Verschnaufpause.

Jenseits vom Fluß stieg unweit von Oroskuls Haus im Hof der Försterei Rauch auf. Das war wohl der Samowar. Seine Frau erwartete ihn also schon. Das aber konnte Oroskuls Laune nicht bessern. Er atmete schwer durch den Mund, die Luft war knapp. Er hatte Schmerzen in der Brust, und im Kopf hallte dumpf der Herzschlag wider. Der Schweiß von der Stirn brannte ihm in den Augen. Vor ihnen lag immer noch der lange und steile Abstieg. Und zu Hause wartete die unfruchtbare Frau. Kannst mal sehen, hat den Samowar angeheizt, will mir einen Gefallen tun. Plötzlich hatte er große Lust, Anlauf zu nehmen und den dickbauchigen Samowar mit einem gehörigen Tritt zum Teufel zu schicken. Und danach sich auf das Weib zu stürzen und es nach Strich und Faden durchzuprügeln, bis aufs Blut, bis das Leben raus ist. Er kostete die Vorfreude auf die Schmerzenslaute seiner Frau aus, wie sie ihr nichtswürdiges Schicksal verfluchen würde. Soll sie doch, dachte er, mir geht's schlecht, warum soll es ihr besser gehen?

Momun unterbrach seine Gedanken.

»Das hab ich ganz vergessen, mein Sohn.« Ihm war plötzlich etwas eingefallen, und er kam hastig auf Oroskul zu. »Ich muß in die Schule, den Kleinen abholen. Die Schule ist doch längst aus.«

»Was du nicht sagst«, antwortete Oroskul betont ruhig.

»Sei mir nicht böse, meine Junge. Lassen wir den Stamm hier liegen und gehen erst mal runter. Du ißt zu Mittag, ich reite zur Schule, hole den Jungen ab. Wir kommen zurück und schaffen den Stamm rüber.«

»Da ist dir ja genau das Richtige eingefallen. Hat aber lange gedauert!« höhnte Oroskul.

»Weint bestimmt schon, der kleine Kerl.«

»So, so«, zischte Oroskul. Endlich hatte er gefunden, was er brauchte, um dem Alten deftig zusetzen zu können. Den ganzen Tag schon hatte er nach etwas gesucht, woran er herumnörgeln konnte, und jetzt gab ihm Momun selbst den Anlaß dazu. »Der weint, und wir schmeißen den Kram hin? Heute morgen bist du mir schon auf die Nerven gegangen: Ich bring ihn zur Schule und so. Na gut, hast ihn hingebracht. Aber jetzt: Ich will ihn auch wieder abholen. Und was soll ich anfangen? Machen wir das hier vielleicht zum Spaß, oder was?«

»Nicht doch, mein Sohn«, bat Momun. »An so einem Tag. Um mich geht's ja nicht, aber der Junge wird warten und weinen an so einem Tag wie heute...«

»Was, an so einem Tag? Was ist das für ein besonderer Tag heute?«

»Die Marale sind doch zurückgekommen. Darum ist es ein besonderer Tag...«

Oroskul war verblüfft, es verschlug ihm sogar die Sprache vor Verwunderung. Die Hirsche hatte er längst vergessen, die wie schnelle springende Schatten vorbeigerannt waren, als er in das Dornengebüsch flog und ihm das Herz vor Angst in die Hosen fiel. Jeden Augenblick hätte ihn der losgerissene Stamm niederwalzen können. Da war ihm nicht nach Hirschen zumute und nach dem Gegreine des Alten.

»Wofür hältst du mich eigentlich?« fragte er leise

und bebte vor Wut und blies dem Greis seinen Atem ins Gesicht. »Schade, daß du keinen Bart hast, sonst hätte ich mal daran gezupft, damit du nicht denkst, andere sind blöder als du. Was gehen mich deine Marale an. An die werd ich noch einen Gedanken verschwenden! Und jetzt Schluß mit dem Gejammer. Daß du sofort zum Stamm zurückgehst! Solange wir den nicht über den Fluß haben, will ich nichts mehr hören. Ob da einer zur Schule geht, ob da einer heult, es kümmert mich nicht. Schluß und vorwärts!«

Momun fügte sich wie immer. Er wußte, daß er Oroskul nicht entrinnen konnte, bis der Stamm an Ort und Stelle war, und ging in stummer Verzweiflung ans Werk. Er sagte kein Wort mehr, obwohl ihm das Herz brechen wollte. Vor der Schule wartete der Enkel auf ihn. Die anderen waren alle schon nach Hause gestürmt, nur er steht noch da, sein verwaister Enkelsohn, schaut hinunter und wartet.

Der alte Mann stellt sich vor, wie die ganze Klasse hinausstürmt, trampelnd die Schule verläßt. Wie sie alle nach Hause laufen, mit einem Bärenhunger. Schon draußen konnten sie den Duft des Essens riechen, und in fröhlicher Erwartung traben sie an den Fenstern der Häuser vorbei. Auf jeden wartet eine Mutter. Und jede Mutter hat ein Lächeln bereit, von dem einem ganz schwindlig wird. Ob es der Mutter selbst nun gut geht oder nicht, ein Lächeln für ihr Kind brachte sie immer zustande. Und selbst wenn so eine Mutter mit strenger Stimme ruft: »Hast du dir die Hände gewaschen?«, so ist da immer noch dieses Lächeln in den Augen versteckt.

Momuns Enkel hatte, seit er zur Schule ging, immer Tintenfinger. Zur Freude seines Großvaters hieße das doch, das Bürschchen war bei der Sache. Und da steht er nun am Straßenrand, sein Enkelsohn mit den Tintenfingern, und drückt die geliebte Schultasche, die er ihm in diesem Sommer gekauft hat, fest an sich. Wahrscheinlich ist er des Wartens längst überdrüssig und hält beunruhigt Ausschau, horcht in die Ferne, ob von dort hinter dem Hügel nicht endlich der Großvater angeritten kommt. Er ist doch sonst immer pünktlich da. Wenn sonst der Junge zur Schultür rauskam, wartete der Großvater, der sich beeilt hatte, schon irgendwo in der Nähe auf ihn. Die andern alle liefen nach Hause, und sein Enkel kam auf ihn zugelaufen. »Schau mal, da ist Großvater. Komm, wir rennen!« sagte er immer zu seiner Schultasche. Und wenn er angekommen war, warf er sich seinem Großvater, manchmal etwas verlegen, in die Arme und stupste ihm die Nase in den Bauch, da roch es so vertraut nach alter Kleidung und trockenem Sommerheu, in diesen Tagen schichtete Großvater nämlich das Heu vom andern Flußufer zu Schobern. Im Winter war durch den tiefen Schnee nicht heranzukommen, da brachte man es besser noch im Herbst ein. Noch lange danach lief Momun mit diesem leicht bitteren Heugeruch herum.

Großvater setzte den Jungen hinter sich aufs Pferd,

und so ritten sie den Weg nach Hause, mal im leichten Trab, mal im Schritt, sagten eine Weile gar nichts oder unterhielten sich über Nebensächliches und erreichten wie im Flug ihr Ziel. Durch einen Bergsattel ritten sie zu sich in die Niederung des San Tasch hinab.

Die unbändige Lust des Jungen, zur Schule zu gehen, verärgerte die Großmutter. Kaum aufgewacht, schon zog er sich eilig an und packte Bücher und Hefte in die Schultasche. Auch ärgerte die Großmutter, wenn er nachts die Schultasche neben sich ins Bett legte. »Was hast du nur für einen Narren an der widerwärtigen Tasche gefressen? Nimm sie doch gleich zur Frau, dann können wir uns das Brautgeld sparen...« Der Junge überhörte Großmutters Redensarten und verstand nicht mal wovon sie redete. Ihm war schließlich nur wichtig, nicht zu spät zur Schule zu kommen. Er stürmte auf den Hof hinaus und trieb den Großvater zur Eile. Er beruhigte sich immer erst, wenn die Schule in Sicht war.

Einmal waren sie dennoch zu spät gekommen. Vorige Woche war Momun, kaum daß es hell war, ans andere Flußufer geritten. Er hatte gleich morgens noch schnell einen Ballen Heu einbringen wollen. Es hätte auch geklappt, unterwegs aber löste sich das Bündel auf, und das Heu stob auseinander. Er mußte alles neu schnüren und aufs Pferd binden. Das eilig verzurrte Bündel löste sich am Ufer wieder auf. Am anderen Ufer wartete der Junge. Er war auf den gezackten Felsen geklettert, schwenkte die

Schultasche und rief und rief. Der alte Mann wurde noch eiliger, die Stricke verhedderten sich und waren nicht zu entwirren. Der Junge schrie immerzu, und der Großvater begriff, daß er weinte. Da warf er alles hin, Heu und Stricke, stieg aufs Pferd und machte, daß er schleunigst durch die Furt zu seinem Enkel kam.

Bis er drüben war, war auch wieder Zeit vergangen. So leicht kam man da nicht durch. Wasser in rauhen Mengen und eine reißende Strömung. Im Herbst war das ja noch erträglich, im Sommer aber konnte es das Pferd schon mal fortreißen, und dann war alles zu spät. Als Momun endlich drüben war und den Enkel erreicht hatte, schluchzte der laut. Für seinen Großvater hatte er keinen Blick, schluchzte nur immer: »Ich komme zu spät zur Schule …« Der alte Mann beugte sich herab, zog den Jungen zu sich in den Sattel und galoppierte los. Wäre die Schule in der Nähe gewesen, der Junge hätte einfach hinlaufen können. So aber weinte er den Weg über, der Alte konnte ihn nicht beruhigen. Ganz verheult brachte er den Jungen zur Schule. Der Unterricht hatte schon begonnen. Er brachte ihn gleich ins Klassenzimmer.

Natürlich hatte sich Momun wieder und wieder bei der Lehrerin entschuldigt und versprochen, es werde nicht wieder vorkommen. Aber mehr noch hatte ihn erschüttert, wie sehr sein Junge geweint hatte und wie er darunter litt, zu spät gekommen zu sein. Gebe Gott, daß er sich immer so auf die Schule freut, dachte er.

Trotzdem, warum nur hatte der Junge so sehr geweint? Trug also noch einen Kummer mit sich herum, über den er nicht sprach...

Und jetzt, während Momun neben dem Stamm herging, von einer Seite auf die andere sprang, den Stamm mit der Hebelstange anstieß und anhob, damit er nirgendwo hängenblieb und schneller den Berg hinabrutschte, mußte er immerzu an seinen Enkel denken: Wie mag es ihm wohl jetzt ergehen?

Oroskul beeilte sich ganz und gar nicht. Er führte das Pferd, man konnte hier auch nichts überstürzen, der Hang war lang und steil und mußte schräg genommen werden. Hätte er aber Momuns Bitte wirklich so schroff zurückweisen müssen, den Stamm erst mal liegenzulassen und später zu holen? Ach, hätte er nur die Kraft, er würde sich den Stamm auf die Schultern stemmen, den Fluß durchwaten und dort abwerfen, wo er aufgeladen werden sollte. Da! Hätte er gesagt, da habt ihr euren Stamm. Und jetzt gebt Ruhe. Und hätte Momun zu seinem Enkel reiten lassen.

Aber daran war ja nicht zu denken! Zunächst mußten sie ans Ufer, über Steine und Geröll, und dann den Stamm mit dem Pferd durch den Fluß auf die andere Seite ziehen. Das Pferd hatte sich schon geschunden, bergauf, bergab. Wenn das nur gut geht, und was ist, wenn sich der Stamm mitten im Fluß zwischen den Steinen verkantet, oder das Pferd gerät ins Stolpern und stürzt? Als sie ans Wasser kamen, betete

Großvater Momun: Hilf uns, Gehörnte Hirschmutter. Mach, daß der Stamm nicht hängenbleibt. Laß das Pferd nicht straucheln. Er zog die Stiefel aus und hängte sie sich über die Schultern, krempelte die Hosenbeine bis übers Knie hoch und holte mit der Hebelstange den schwimmenden Stamm mit Müh und Not ein. Sie zerrten ihn schräg gegen die Strömung. Das Wasser im Fluß war rein und klar und ebenso kalt. Herbstwasser.

Der Alte litt: Wichtig war nur, daß die Beine nicht unter ihm wegknickten und sie den Stamm schnell hinüberbrachten. Er blieb hängen, wie sollte es auch anders sein, da, wo die meisten Stromschnellen waren, saß er auf einem Stein fest. In solchen Fällen läßt man das Pferd verschnaufen und treibt es dann kräftig an, damit durch den Ruck der Stamm von den Steinen kommt. Oroskul aber, der auf dem Pferd saß, hieb mit seiner Reitpeitsche unbarmherzig auf das entkräftete und ermüdete Tier ein. Das Pferd knickte in den Hinterbeinen ein, glitt aus, strauchelte, doch der Stamm bewegte sich nicht vom Fleck. Dem alten Mann starben die Beine ab, ihm wurde schwarz vor Augen. Es drehte sich alles um ihn herum. Der Hang, der Wald über der Steilwand, die Wolken am Himmel neigten sich herab, fielen in den Fluß, trieben in der reißenden Strömung davon und kehrten wieder zurück. Momun wurde es schlecht. Der verdammte Stamm! Wäre der wenigstens abgelagert und trocken gewesen, dann hätten sie noch was unternehmen können, trockenes Holz schwimmt von selbst, man braucht es nur festzuhalten. Den Stamm hier aber hatten sie eben erst gefällt, um ihn gleich danach durch den Fluß zu schleppen. Wer macht denn so etwas. Das hatten sie nun davon. So ein krummes Ding konnte ja kein gutes Ende nehmen. Oroskul hatte nichts davon gehalten, die Kiefer lagern zu lassen: Hätte nur einer von der Forstaufsicht vorbeizukommen und den Fall zu Protokoll zu nehmen brauchen. Forstfrevel im Naturschutzgebiet. Darum mußte der Stamm eben gleich nach dem Fällen verschwinden.

Oroskul hieb dem Pferd die Absätze in die Flanken, gab ihm die Peitsche, schlug ihm auf den Kopf, stieß unflätige Flüche aus, brüllte den Alten an, als sei Momun an allem schuld, doch den Stamm beeindruckte das nicht, der legte sich erst richtig zwischen den Steinen zurecht. Hier riß dem Alten die Geduld. Zum ersten Mal in seinem Leben wurde er zornig und laut.

»Runter vom Pferd!« Entschlossen ging er auf Oroskul zu und zerrte ihn aus dem Sattel. »Oder siehst du nicht, daß das Pferd nicht mehr kann? Steig ab!«

Oroskul war erstaunt und gehorchte stillschweigend. Er sprang mit den Stiefeln direkt ins Wasser. Von diesem Augenblick an war er wie betäubt, war nicht mehr er selbst.

»Leg dich mit drauf! Zusammen geht's vielleicht!« Auf Momuns Kommando legten sie sich beide auf die

Hebelstange, hoben den Stamm an und befreiten ihn aus seiner steinernen Umklammerung.

Was sind Pferde doch für kluge Tiere! Dieses hier zog genau im richtigen Moment an, stolperte, glitt auf den Steinen aus, hielt das Zugseil aber straff gespannt. Doch der Stamm rührte sich kaum von der Stelle, rutschte ein wenig und blieb dann wieder hängen. Das Pferd machte einen Ruck, verlor den Halt und stürzte ins Wasser, trat um sich und hatte sich endgültig im Geschirr verheddert.

»Das Pferd! Hilf dem Pferd hoch!« Momun gab Oroskul einen Stoß.

Mit einem gemeinsamen Kraftakt gelang es ihnen, dem Pferd auf die Beine zu helfen. Es zitterte vor Kälte und konnte sich im Wasser kaum aufrecht halten.

»Ausspannen!«

»Wieso?«

»Ausspannen sag ich. Wir müssen neu anspannen. Das Zaumzeug runter!«

Wieder gehorchte Oroskul ohne Widerspruch. Sobald sie das Pferd ausgespannt hatten, nahm Momun es am Zügel.

»Und jetzt gehen wir«, sagte er. »Wir kommen später wieder. Das Pferd muß ausruhen.«

»Eh, halt mal!« Oroskul riß dem alten Mann die Zügel aus der Hand. Er schien aufgewacht zu sein, war wieder der alte. »Hältst mich wohl für beschränkt, oder was! Hier bleibst du! Und den Stamm holen wir jetzt raus. Den kommen sie heute holen. Und jetzt spann den Gaul an und das ohne Widerrede, hast du gehört!«

Momun wandte sich schweigend ab und stakste mit erstarrten Beinen durch die Furt aufs andere Ufer zu.

»He, Alter, wo gehst du hin?«

»Wohin? Zur Schule. Mein Enkel wartet schon seit Mittag.«

»Wirst du wohl zurückkommen! Komm hierher!«

Der alte Mann gehorchte nicht. Oroskul ließ das Pferd im Fluß stehen und holte fast schon am Ufer, auf dem Geröllstreifen, Momun ein. Er packte ihn an der Schulter und riß ihn zu sich herum.

Da standen sie sich Auge in Auge gegenüber.

Mit einer kurzen Handbewegung riß Oroskul Momun die an den Schäften zusammengebundenen alten Soldatenstiefel von der Schulter und schlug sie ihm zweimal mit aller Wucht auf den Kopf und ins Gesicht.

»Gehen wir jetzt endlich? Was ist?« keuchte Oroskul und schleuderte die Stiefel von sich.

Der alte Mann ging zu seinen Stiefeln, hob sie vom feuchten Sand auf, und als er sich aufrichtete, bluteten ihm die Lippen.

»Lump!« sagte Momun, spuckte das Blut aus und warf sich die Stiefel wieder über die Schultern.

Das hatte der allzeitbereite Momun gesagt, der sonst nie widersprach, das sagte die vor Kälte blau angelaufene jämmerliche Gestalt mit den über die Schultern geworfenen alten Stiefeln, und das Blut stand ihm in Blasen auf den Lippen.

»Wir gehen jetzt!«

Oroskul wollte ihn hinter sich herzerren, doch Momun riß sich los und ging, ohne sich umzusehen, fort.

»Paß bloß auf, du alter Schwachkopf! Das merk ich mir«, brüllte Oroskul hinter ihm her und fuchtelte mit der Faust.

Der Alte sah sich nicht um. Beim Liegenden Kamel kam er auf den Pfad, setzte sich hin, zog die Stiefel an und eilte nach Hause. Ohne zu zögern ging er zum Pferdestall. Er führte den Grauen Alabasch heraus, Oroskuls unantastbares Paradepferd, das niemand je zu besteigen wagte und das nie angeschirrt wurde, damit seine Rennpferdstatur keinen Schaden nahm. Ohne Sattel und Steigbügel galoppierte Momun vom Hof, als müsse er ein Feuer löschen. Als er an den Fenstern und dem nach wie vor dampfenden Samowar vorbeisprengte, kamen die Frauen herausgestürzt, Momuns Alte, Tochter Bekej und die junge Güldschamal, und wußten gleich, daß etwas mit dem Alten nicht stimmte. Den Alabasch hatte er noch nie geritten, und so verwegen war er auch noch nie davongestürmt. Sie wußten noch nicht, daß so Momuns Meuterei aussah. Sie wußten auch noch nicht, was ihn diese Meuterei auf seine alten Tage noch kosten sollte...

Oroskul kehrte von der Furt zurück und führte das ausgespannte Pferd am Zügel. Auf dem rechten Vorderlauf lahmte es. Schweigsam sahen die Frauen zu, wie er näherkam. Sie konnten noch nicht ahnen, was in Oroskul vor sich ging, welche Not und Angst er ihnen heute noch bescheren sollte...

In nassen, schmatzenden Stiefeln, in klebenden Hosen näherte er sich mit bleiernem Schritt und warf den Frauen einen finsteren Blick zu. Seine Frau Bekej fragte besorgt:

»Was ist mit dir, Oroskul, ist was passiert? Du bist ja ganz naß! Ist euch der Stamm weggeschwommen?«

»Ist er nicht«, wehrte Oroskul ab. »Da!« Er reichte Güldschamal die Zügel. »Bring das Pferd in den Stall.« Er ging zur Tür. Zu seiner Frau sagte er: »Du kommst ins Haus.«

Die Großmutter wollte auch hinein, doch ließ sie Oroskul nicht über die Schwelle:

»Und du gehst jetzt, Alte! Du hast hier nichts zu suchen! Geh nach Haus und bleib dort.«

»Was hast du gesagt?« Die Großmutter war beleidigt. »Was soll das heißen? Und unser Alter, was ist mit dem? Was ist passiert?«

»Frag ihn doch«, gab Oroskul zurück.

Drinnen im Haus zog Bekej ihrem Mann die nasse Kleidung vom Leib, gab ihm einen Pelz, trug den Samowar herein und wollte schon Tee eingießen.

»Laß das«, wehrte Oroskul ab. »Gib mir was Richtiges.«

Die Frau holte eine noch nicht angebrochene Halbliterflasche hervor und schenkte ein.

»Mach das Glas voll!« befahl Oroskul.

Er leerte das Glas in einem Zug, zog den Pelz fester an sich, legte sich auf den Filzteppich und sagte zu seiner Frau:

»Ab heute sind wir geschiedene Leute. Geh. Laß dich in diesem Haus nicht mehr blicken. Verschwinde, bevor es zu spät ist.«

Bekej seufzte, setzte sich aufs Bett und, wie immer den Tränen nahe, sagte sie leise:

»Ist es wieder soweit?«

»Was ist wieder soweit?« brüllte Oroskul. »Mach, daß du wegkommst!«

Fluchtartig verließ Bekej das Haus, rang, wie so oft schon, die Hände und wehklagte über den ganzen Hof:

»Warum bin ich Elendige bloß geboren worden!«

Währenddessen galoppierte der alte Momun auf Alabasch seinem Enkel entgegen. Alabasch war schnell. Dennoch kam Momun zweieinhalb Stunden zu spät. Er traf den Jungen unterwegs. Die Lehrerin begleitete ihn. Die Lehrerin mit den abgearbeiteten rauhen Händen und in immer demselben Mantel, den sie nun schon seit fünf Jahren trug. Die erschöpfte Frau schaute düster drein. Der Junge hatte aufgehört zu weinen und ging mit verquollenen Augen neben ihr her, die Schultasche in der Hand. Er sah richtig elend aus. Die Lehrerin hielt dem alten Momun eine Strafpredigt. Der stand mit gesenktem Kopf vor ihr.

»Sie brauchen das Kind gar nicht erst zur Schule zu bringen«, sagte sie, »wenn Sie es nicht rechtzeitig abholen können. Verlassen Sie sich nicht auf mich. Ich habe selbst vier Kinder.«

Wieder entschuldigte sich Momun, wieder gelobte er, so etwas werde nicht mehr vorkommen.

Die Lehrerin kehrte nach Dschelesay zurück, Großvater und Enkel machten sich auf den Heimweg.

Der Junge sagte kein Wort, als er vor dem Großvater auf dem Pferd saß. Der Alte wußte auch nicht, was er sagen sollte.

»Hast wohl großen Hunger?« fragte er.

»Hab ich nicht. Die Lehrerin hat mir was von ihrem Brot gegeben«, erwiderte der Junge.

»Und warum sagst du nichts?«

Der Junge sagte nichts.

Momun lächelte schuldbewußt:

»Warum denn gleich eingeschnappt?« Er nahm dem Jungen die Schirmmütze vom Kopf, gab ihm einen Kuß auf den Wirbel und setzte sie ihm wieder auf.

Der Junge drehte sich nicht mal um.

So ritten sie beide bedrückt und schweigsam ihres Weges. Momun hielt Alabasch kurz am Zügel, um zu vermeiden, daß der Junge auf dem ungesattelten Pferd durchgeschüttelt wurde. Außerdem hatte er es jetzt nicht mehr eilig.

Das Pferd begriff bald, was von ihm erwartet wurde, es hatte einen leichten Paßgang angeschlagen. Hin und wieder schnaubte es, die Hufe klapperten. Auf so einem Pferd müßte man, ein Lied für sich singend, so dahinreiten. Von allerlei singt der Mensch mit sich allein. Von seinen unerfüllten Träumen, von gelebten Jahren, von dem, was einmal war, als er noch liebte. Manch einem gefällt es, einer Zeit nachzutrauern, in der er nun Unerreichbares zurückgelassen hat. Was genau, weiß er selbst nicht. Ab und zu verlangt es einen danach, über Vergangenes nachzudenken und mit sich selbst ins Reine zu kommen.

Ein guter Gefährte für unterwegs ist so ein schönes Pferd mit seinem schönen Gang...

So dachte der alte Momun darüber nach, während er auf den kurz geschorenen Nacken seines Enkels blickte, auf seinen dünnen Hals und die abstehenden Ohren, daß von seinem ganzen mißglückten Leben, von all seiner Müh und Arbeit, seinem Kummer, seinen Nöten ihm nur noch dieses Kind hier geblieben war, dieses noch hilflose Geschöpf. Wenn es ihm, dem Großvater, gelang, ihn auf eigene Beine zu stellen, war es ja gut. Bliebe der Junge jedoch allein zurück, er würde es schwer haben. Kaum größer als ein Maiskolben, hatte er doch schon seinen eigenen Kopf. Ein bißchen einfacher müßte er sein, anpassungsfähiger... Bei solchen wie Oroskul wäre er gleich verhaßt, und sie würden ihn schikanieren, zerreißen, wie Wölfe einen gehetzten Hirsch...

Da fielen Momun die Marale wieder ein, die vorhin als schnelle flüchtige Schatten vorbeigesprungen waren und ihm einen Ausruf der Verwunderung und Freude entlockt hatten.

»Weißt du auch, mein Junge? Die Marale sind zu uns gekommen.«

Der Junge drehte sich lebhaft um.

»Wirklich?«

»Ja. Ich hab sie selbst gesehen. Drei waren es.«

»Und wo sind die hergekommen?«

»Über den Paß, glaub ich. Da gibt's auch einen Naturschutzwald. Noch ist der Herbst ja ganz sommerlich, und der Paß ist schneefrei. Da sind sie uns eben mal besuchen gekommen.«

»Bleiben sie bei uns?«

»Mal sehen, wenn's ihnen gefällt. Wenn ihnen keiner was tut, leben sie sich bei uns ein. Futter ist ja genug da. Ein gutes Tausend von diesen Maralen hätten hier ihr Auskommen... In früher Zeit, als es die Gehörnte Hirschmutter noch gab, da waren es viel mehr, wohin man nur sah.«

Der Alte merkte, wie sich der Junge erweichen ließ, als er die frohe Botschaft hörte, und daß er seinen Kummer vergaß. Da erzählte er wieder von den alten Zeiten und der Gehörnten Hirschmutter. Er war selbst immer tief beeindruckt von seiner Geschichte und dachte: Wie leicht es doch ist, glücklich zu sein und anderen Glück zu bringen! So müßte es immer sein im Leben. Genauso wie jetzt, in diesem Augenblick. So aber war es nicht im Leben. Gleich neben dem Glück lauert das Unglück und dringt in unser Leben ein, immer ist es uns auf den Fersen, das uralte aufdringliche Unglück. Selbst jetzt, da er und sein Enkel glücklich waren, bewegte ihn im Innern neben der Freude die bange Frage: Was macht Oroskul jetzt? Was für eine Vergeltung hält er bereit? Was für eine Strafe hat er sich ausgedacht, für ihn, den Alten, der es gewagt hatte, ihm den Gehorsam zu verweigern? Oroskul läßt es doch nicht auf sich beruhen. Sonst wäre er nicht Oroskul.

Um jetzt nicht an das Unglück zu denken, das seine Tochter und ihn selbst erwartete, erzählte Momun seinem Enkel von den Maralen, ihrem edlen Charakter, von der Schönheit und der Schnelligkeit dieser Tiere so selbstvergessen, als könne er damit Unvermeidliches abwenden.

Dem Jungen ging es wieder besser. Er ahnte nicht, was ihn zu Hause erwartete. Er hatte glänzende Augen und heiße Ohren. Die Marale waren also wirklich wieder da? Dann stimmt das ja alles! Der Großvater sagte, die Gehörnte Hirschmutter habe den Menschen die Untaten verziehen und ihren Kindern erlaubt, in die Bergwelt am Issyk-Kul zurückzukehren. Drei Marale seien gekommen, um die Lage zu erkunden, und wenn es ihnen hier gefalle, dann würden auch die anderen Marale in ihre Heimat zurückwollen.

»Ata«, unterbrach der Junge den Großvater, »und

was ist, wenn die Gehörnte Hirschkuh selbst gekommen ist? Vielleicht möchte sie selber sehen, wie es hier bei uns ist, und holt dann ihre Kinder nach. Was meinst du?«

»Möglich ist alles«, murmelte Momun zögernd. Er stockte. Ihm war nicht wohl in seiner Haut. Hatte er sich nicht doch allzusehr hinreißen lassen? Glaubte der Junge nicht doch zu fest an alles, was er da sagte? Großvater Momun aber wollte seinem Enkelkind diesen Glauben gar nicht nehmen, außerdem wäre es zu spät dafür. »Wer weiß«, sagte er achselzuckend, »schon möglich, daß die Gehörnte Hirschmutter höchstpersönlich gekommen ist. Wer weiß.«

»Sehen wir doch gleich nach. Komm, Ata, reiten wir zu der Stelle, wo du die Hirsche gesehen hast«, sagte der Junge, »ich will sie auch sehen.«

»Sie bleiben doch nicht an ein und derselben Stelle.«

»Wir gehen ihren Spuren nach. Wenn wir ihnen lange genug folgen, sehen wir sie vielleicht, und wenn es nur für einen Augenblick ist. Und dann gehen wir wieder. Sie sollen spüren, daß sie von Menschen nichts mehr zu befürchten haben.«

»Bist eben noch ein Kind«, sagte Großvater und lächelte mild. »Reiten wir erst mal nach Hause, dann sehen wir weiter.«

Sie ritten auf dem Pfad hinter den Häusern auf die Forstsiedlung zu. Häuser von hinten sind wie Menschen von hinten. Keins der drei Häuser verriet, was in seinem Innern vorging. Auch der Hof lag menschenleer und still. Vorahnungen schnürten Momun das Herz zusammen. Was konnte geschehen sein? Hatte Oroskul seine arme Bekej verprügelt? Hatte er sich betrunken? Was konnte sonst noch passieren? Warum war es hier so ruhig, warum machte sich um diese Zeit niemand auf dem Hof zu schaffen? Wenn hier alles in Ordnung ist, müssen wir diesen unseligen Stamm aus dem Fluß ziehen, dachte Momun. Soll Oroskul doch machen, was er will, ich leg mich jedenfalls nicht mehr mit ihm an. Lieber mach ich, was er will und pfeif auf alles andere. Beweis mal einem Esel, daß er einer ist.

Momun ritt vor den Pferdestall.

»Steig ab. Siehst du, wir sind endlich da«, sagte er zu dem Jungen, als wären sie wer weiß wie weit gereist, nur um sich die Aufregung nicht anmerken zu lassen.

Als der Junge mit der Schultasche unterm Arm ins Haus laufen wollte, hielt Momun ihn auf.

»Warte, wir gehen zusammen.«

Er brachte Alabasch in den Stall, nahm den Jungen bei der Hand und ging aufs Haus zu.

»Paß mal auf«, sagte der Großvater, »wenn ich jetzt gleich ausgeschimpft werde, brauchst du keine Angst zu haben, hör gar nicht auf das Gerede. Du bist nicht gemeint. Du kümmerst dich um deine Schule und sonst um gar nichts.«

Es gab aber nichts dergleichen. Als sie ins Haus

traten, warf die Großmutter Momun einen langen tadelnden Blick zu und vertiefte sich, die Lippen aufeinandergepreßt, wieder in ihre Näharbeit. Der Großvater sagte kein Wort zu ihr. Mürrisch und auf alles gefaßt blieb er mitten im Raum stehen, holte dann eine große Schüssel mit Nudeln vom Herd, nahm Brot und Löffel und setzte sich mit seinem Enkel zum späten Mittagessen nieder.

Sie aßen schweigend und ohne daß die Großmutter auch nur einmal zu ihnen hinübergesehen hätte. Ihr welkes braunes Gesicht war starr vor Wut. Der Junge begriff, daß etwas ganz Schlimmes passiert sein mußte. Die Alten schwiegen sich immer noch an.

Dem Jungen wurde so angst und bang, daß er keinen Bissen mehr runterkriegte. Es gibt nichts Übleres, als wenn Menschen beim Essen schweigen und in ungute und argwöhnische Grübeleien vertieft sind. Vielleicht sind wir ja schuld, sagte der Junge insgeheim zu seiner Schultasche. Die lag auf der Fensterbank. Das Herz des Jungen rollte über den Boden, kletterte die Fensterbank hoch und schlich sich an die Schultasche heran, um mit ihr zu tuscheln.

Du weißt auch nichts? Warum ist Großvater so traurig? Woran soll er denn wieder schuld sein? Und warum ist er heute zu spät gekommen, warum hat er Alabasch geritten und dann auch noch ungesattelt? Das hat es noch nie gegeben. Vielleicht war er so spät dran, weil er die Hirsche im Wald gesehen hat? Womöglich gibt's gar keine Marale? Vielleicht stimmt das alles gar nicht? Was dann? Und wenn nicht, wieso hat er davon angefangen? Die Gehörnte Hirschkuh wird doch gekränkt sein, wenn er uns angelogen hat...

Als sie das Essen beendet hatten, sagte Momun leise zu seinem Enkel:

»Geh auf den Hof, da gibt's noch was zu tun. Kannst mir helfen. Ich komm gleich nach.«

Der Junge gehorchte und ging. Kaum hatte er die Tür hinter sich zugezogen, ließ die Großmutter sich vernehmen:

»Wo willst du hin?«

»Den Stamm holen. Steckt noch im Fluß fest.«

»Aha! Hat sich eines Bessern besonnen!« keifte sie, »hat wieder Vernunft angenommen! Solltest lieber mal nach deiner Tochter sehen. Güldschamal hat sie zu sich genommen. Wer soll jetzt noch was mit der anfangen, mit deiner gebärfaulen Närrin? Geh hin. Vielleicht erzählt sie dir, was sie jetzt ist. Wie eine räudige Hündin hat ihr Mann sie aus dem Haus gejagt.«

»Dann hat er sie eben verjagt«, sagte Momun verbittert.

»Ach! Und du, was bist du für einer? Deine Töchter sind liederlich, und du glaubst, du könntest aus deinem Enkel was Besseres machen, wie? Bleib hier! Wenn du wenigstens wüßtest, für wen du mit dem Kopf durch die Wand rennst. Und dann schwingst du dich noch auf den Alabasch und reitest los! Was für 'n Teufelskerl! Statt dran zu denken, wo du hingehörst und mit wem du dich angelegt hast... Der dreht dir doch den Hals um wie einem Huhn. Seit wann belehrst du andere Leute? Und spielst den Helden? Glaub bloß nicht, du könntest deine Tochter hierher bringen. Die kommt mir nicht ins Haus...«

Bedrückt schlich der Junge über den Hof. Eine Weile noch war Großmutters Gezeter im Haus zu hören, dann knallte die Tür zu, und Momun eilte zum Haus heraus. Der Alte schlug den Weg zu Sejdachmats Haus ein, dort empfing ihn jedoch Güldschamal schon auf der Schwelle.

»Jetzt nicht, lieber später«, sagte sie zu Momun. Der blieb verdutzt stehen. »Sie weint, er hat sie geschlagen«, flüsterte Güldschamal. »Er meint, sie wären von nun an geschiedene Leute. Und jetzt verwünscht sie dich. Vater ist an allem schuld, sagt sie.«

Momun schwieg. Was hätte er auch sagen sollen? Wenn schon die eigene Tochter ihn nicht mehr sehen will.

»Und Oroskul säuft zu Haus. Wie ein Berserker«, wisperte Güldschamal.

Beide wurden nachdenklich. Güldschamal seufzte mitfühlend.

»Wenn doch unser Sejdachmat schon hier wäre. Müßte eigentlich heute zurückkommen. Dann könntet ihr den Stamm zusammen rausholen und wärt wenigstens die Sorge los.«

»Um den Stamm geht's gar nicht«, sagte Momun kopfschüttelnd. Wieder geriet er ins Grübeln. Als er seinen Enkel in der Nähe bemerkte, sagte er zu ihm: »Geh du lieber spielen.«

Der Junge trollte sich. Er ging in den Schuppen und holte das gut versteckte Fernglas hervor. Er wischte den Staub ab und sagte traurig: »Sieht bös aus, du. Die Schultasche, du und ich, wir sind wieder an allem schuld. Wenn doch noch woanders eine Schule wäre. Dann würden die Schultasche und ich dahin gehen und lernen. Das dürfte dann aber keiner wissen. Bloß der Großvater tät mir leid, der würde uns doch suchen. Und du, mit wem würdest du dann nach dem weißen Dampfer Ausschau halten, Fernglas? Glaubst wohl, ich könnte kein Fisch werden, was? Wirst schon sehen. Dann schwimm ich zu dem weißen Dampfer hin...«

Der Junge versteckte sich hinter einem Heustoß und sah sich mit seinem Fernglas vor den Augen um. Ein freudloses und kurzes Unterfangen. Bei jeder anderen Gelegenheit hätte er nicht genug bekommen können. Die herbstlichen Berge mit herbstlich buntem Wald bedeckt, oben der weiße Schnee, darunter flammend rotes Laub.

Er verstaute den Feldstecher wieder an seinem Platz und sah, als er aus dem Schuppen hervorkam, wie sein Großvater das Pferd in Kummet und Zaumzeug über den Hof führte. Er schlug die Richtung zur Furt ein. Als der Junge schon auf seinen Großvater zulaufen wollte, hielt ihn das Geschrei Oroskuls zurück. Der kam im Unterhemd, den Pelz um die Schultern, aus dem Haus gestürzt, das Gesicht so rot wie ein entzündetes Kuheuter.

»He, du da!« drohte er Momun. »Wo willst du mit dem Pferd hin? Das kommt sofort wieder in den Stall. Den Stamm holen wir auch ohne dich raus. Wehe, du faßt hier noch mal was an. Du hast hier nämlich nichts mehr zu melden. Ich entlasse dich fristlos. Sieh zu, daß du wegkommst!«

Großvater lächelte bitter und führte das Pferd in den Stall zurück. Momun war plötzlich ein Greis; alt und klein schlurfte er über den Hof und sah nicht nach links und nicht nach rechts.

Dem Jungen stockte der Atem bei der Beleidigung seines Großvaters, und damit keiner sehen konnte, daß er weinte, lief er zum Flußufer hinunter. Der Pfad verschwamm ihm vor den Augen. Er rannte weiter, in Tränen aufgelöst. Da waren schon seine Lieblingsfelsen, der Panzer, der Wolf, der Sattel, das Liegende Kamel. Der Junge sagte nichts zu ihnen, die verstehen sowieso nichts, stehen nur da herum. Er umarmte den Höcker des Liegenden Kamels, lehnte sich an den roten Granit und schluchzte laut, bitter und untröstlich. Lange weinte er so, bis er allmählich still wurde und sich beruhigte.

Schließlich hob er den Kopf, rieb sich die Augen, und als er vor sich schaute, erstarrte er.

Vor ihm, am anderen Ufer, standen drei Marale am Wasser. Richtige Marale. Lebendige. Sie mußten sich schon sattgetrunken haben. Einer, der mit dem größten und schwersten Geweih, senkte den Kopf noch einmal zum Wasser herab, und während er trank, schien er in der flachen Bucht, wie in einem Spiegel, das Geweih zu betrachten. Er war bräunlich gefärbt und hatte eine mächtige, vorgewölbte Brust. Wenn er den Kopf hochwarf, tropfte von seiner hellen behaarten Unterlippe Wasser in den Fluß. Der kapitale Hirsch ließ die Ohren spielen und sah aufmerksam zu dem Jungen hinüber.

Noch aufmerksamer aber betrachtete ihn eine weiße Hirschkuh mit runden Flanken und einer Krone aus dünn verzweigtem Geweih. Ihr Geweih war zierlicher, doch sehr schön. Sie sah so aus wie die Gehörnte Hirschmutter. Ein klarer Blick aus großen Augen. Sie stand da wie eine wackere Stute, die alljährlich ihr Füllen zur Welt bringt. Die Gehörnte Hirschkuh sah den Jungen durchdringend und ruhig an, als erinnere sie sich, wo sie den kleinen Kerl mit dem großen Kopf und den abstehenden Ohren schon mal gesehen hatte. Von weitem schimmerten und leuchteten ihre feuchten Augen zu ihm herüber. Durch die Nüstern ließ sie ein Atemwölkchen aufsteigen. Neben ihr stand, den Rücken ihm zugewandt, ein ungehörntes Hirschkalb und kaute auf einem Weidenzweig. Was konnte es Besseres geben? Es war wohlgenährt, kräftig und munter. Plötzlich ließ es von seinem Zweig ab, fuhr jäh auf, streifte die Hirschkuh mit der Schulter, noch ein paar Sprünge um sie herum, und dann leckte es sie zärtlich ab. Es rieb wieder den noch unbewehrten Kopf an der Flanke seiner Gehörnten Hirschmutter. Diese sah immer noch zu dem Jungen hinüber.

Er hielt den Atem an und trat hinter dem Findling hervor. Wie im Traum streckte er einen Arm aus und ging ans Ufer, nah ans Wasser heran. Die Marale erschraken nicht. Ungerührt sahen sie ihm vom anderen Ufer aus zu.

Zwischen ihnen strömte der flaschengrüne Fluß schnell dahin, schäumte und sprudelte von einem Riff zum nächsten.

Wäre dieser Fluß, der sie jetzt trennte, nicht gewesen, hätte er wahrscheinlich hingehen und die Marale berühren können. Die Hirsche standen auf dem glatten Geröllstreifen. Hinter ihnen, wo der Streifen aufhörte, flammte eine rote Wand aus herbstlichen Schlehen auf. Weiter oben ein Lehmhang, darüber standen rotgoldene Birken und Espen, darüber lag der große Wald und der weiße Schnee auf den felsigen Gebirgsketten.

Der Junge schloß die Augen und öffnete sie wieder. Es bot sich ihm das gleiche Bild, die sagenumwobenen Hirsche standen nur ein wenig näher vor dem roten Schlehenlaub auf dem Geröllstreifen.

Jetzt aber wandten sie sich um und liefen dicht hintereinander über den Geröllstreifen in den Wald. Der Hirsch voran, in der Mitte das ungehörnte Kalb und die Gehörnte Hirschkuh als letzte. Sie schaute zurück und warf einen letzten Blick auf den Jungen. Die Marale durchschritten das Schlehendickicht. Über ihnen schwankten rote Zweige und auf die ebenmäßigen, geschmeidigen Tiere rieselte rotes Laub herab.

Sie stiegen den Pfad hinauf und hielten erst an, als sie über dem Abhang standen. Da kam es dem Jungen wieder so vor, als schauten ihn die Marale an. Der Hirsch reckte sein Haupt in die Höhe, warf das Geweih auf den Rücken und röhrte sein »Ba-o!« Das Echo »A-o, a-o« hallte über Hang und Fluß wider.

Da erst kam der Junge wieder zu sich. Er stürmte über den wohlbekannten Pfad nach Hause. Wie um sein Leben rannte er, wirbelte über den Hof, riß die Tür auf und schrie atemlos schon auf der Schwelle:

»Ata! Marale! Die Marale sind da!«

Großvater Momun warf ihm aus der Ecke, in der er traurig und still kauerte, einen Blick zu und sagte kein Wort, als hätte er nicht verstanden, worum es ging.

»Deshalb brauchst du nicht solchen Lärm zu machen!« fauchte die Großmutter. »Und wenn sie gekommen sind. Wir haben jetzt andere Sorgen.«

Der Junge sagte nichts und ging leise wieder hinaus. Im Hof war niemand. Die Herbstsonne sank hinter den Karaul-Berg und kippte eben hinter den nächsten Höhenzug aus nacktem, dämmrigem Gestein. Als roter Feuerschein schwebte sie über der kühlen Ödnis aus Fels, ohne noch zu wärmen. Bald ergoß sich das letzte erkaltete Abendrot als unsteter

Abglanz über die Gipfel der herbstlichen Berge ringsum. Im Abendlicht lag nun der Wald.

Es wurde kalt. Der Wind kam von den beschneiten Höhen herab. Der Junge zitterte. Er fröstelte.

6

Er fröstelte auch noch, als er sich schlafen legte. Lange fand er keinen Schlaf. Draußen herrschte finstere Nacht. Der Junge hatte Kopfschmerzen, sagte aber nichts. Niemand wußte, daß er krank war. Sie hatten ihn vergessen. Wie hätte es auch anders sein können!

Der Großvater wußte nicht ein noch aus. Er fand keine Ruhe. Er ging hinaus, kam wieder herein, setzte sich bekümmert hin, seufzte, stand auf, ging wieder hinaus, irgendwohin. Die Großmutter knurrte hinter dem Alten her. schlurfte gleichfalls herum, hinaus auf den Hof, kam wieder herein. Von draußen waren etliche abgerissene Stimmen zu hören. Trappeln. Jemand fluchte. Wahrscheinlich war es Oroskul. Jemand schluchzte herzzerreißend. Der Junge lag reglos da und wurde von diesen Stimmen und Schritten, von allem, was im Haus und auf dem Hof vor sich ging, müde.

Er machte die Augen zu, und um das Alleinsein und seine Verlassenheit schöner zu gestalten, erinnerte er sich an das, was heute geschehen war und was er noch einmal erleben wollte. Er steht am Ufer eines großen Flusses. Das Wasser fließt so schnell dahin, daß einem schwindlig wird. Vom anderen Ufer sehen die Marale zu ihm her. Die drei Marale, die er heute gegen Abend schon gesehen hat. Alles ist wie vorhin. Von der nassen Unterlippe des großen Hirsches trieft Wasser in die Bucht, wenn er den Kopf hebt. Und die Gehörnte Hirschmutter sieht mit ihren guten wissenden Augen wieder eindringlich zu dem Jungen her. Sie hat riesige Augen, dunkel und feucht. Der Junge wundert sich sehr, daß die Gehörnte Hirschkuh wie ein Mensch seufzen kann. So traurig, so kläglich, genau wie sein Großvater. Dann sind sie hinter den Schlehenbüschen verschwunden. Die roten Zweige schwanken noch über ihnen, und auf die ebenmäßigen, geschmeidigen Rücken rieselt rotes Laub herab. Sie steigen den Hang hinauf und halten ein. Der Hirsch streckt den Hals vor, wirft das Geweih auf den Rücken und röhrt: Ba-o! Ba-o! Der Junge lächelte, als er daran dachte, wie lange noch das Echo über dem Fluß widerhallte. Die Marale zogen sich in den Wald zurück. Der Junge wollte sich nicht von ihnen trennen und stellte sich vor, was er gern gesehen hätte.

Wieder strömt das Wasser des wilden Flusses vorbei. Von der schnellen Strömung wird ihm ganz schwindelig. Jetzt springt er auf und fliegt über den Fluß. Dann eine sanfte Landung unweit der Marale, die noch immer auf ihrem Geröllstreifen stehen. Die Gehörnte Hirschmutter ruft ihn zu sich:

»Was bist denn du für einer?«

Erst mal sagt er nichts, denn es ist ihm peinlich zu sagen, was für einer er ist.

»Mein Großvater und ich, wir lieben dich sehr, Gehörnte Hirschmutter. Wir haben schon lange auf dich gewartet«, sagt er schließlich.

»Auch ich kenne dich. Und deinen Großvater kenne ich auch. Ein guter Mensch«, entgegnete die Gehörnte Hirschmutter.

Der Junge freute sich, wußte nur nicht, wie er ihr danken sollte.

»Wenn du willst, kann ich mich in einen Fisch verwandeln und den Fluß bis zum Issyk-Kul hinunterschwimmen, bis ich den weißen Dampfer treffe«, sagte er plötzlich.

Das konnte er wenigstens. Die Gehörnte Hirschkuh sagte nichts. Also zog sich der Junge aus und kletterte, wie im Sommer manchmal, schaudernd ins Wasser, indem er sich am Zweig einer Uferweide festhielt. Das Wasser war aber nicht kalt, es dampfte warm. Unter Wasser schwamm er mit offenen Augen, um ihn her klickte und rauschte es von Myriaden goldener Sandkörnchen und Flußkiesel. Die Luft wurde ihm knapp, doch der Strom heißen Wassers zog ihn immer weiter mit sich fort.

»Hilfe! Gehörnte Hirschmutter, hilf mir! Ich bin doch auch dein Kind«, schrie er laut.

Die Gehörnte Hirschmutter galoppierte am Flußufer entlang, so schnell, daß ihr der Wind durchs Geweih pfiff. Da wurde ihm gleich besser.

Er war schweißgebadet. Der Junge wußte, daß der Großvater ihn in solchen Fällen noch wärmer einhüllte, also deckte er sich noch besser zu. Niemand war im Haus. Der Docht war so weit heruntergebrannt, daß die Lampe nur noch einen matten Schein warf. Der Junge wollte aufstehen und trinken, aber da drangen vom Hof her wieder die schroffen Stimmen herein, da wurde jemand angebrüllt, einer weinte. Jemand sprach begütigend auf einen anderen ein. Dann wieder polterndes Rennen. Jetzt trampelten unterm Fenster mit Ächzen und Stöhnen zwei vorbei, als schleppte der eine den andern mit sich. Krachend wurde die Tür aufgestoßen und die vor Wut schnaubende und schwer keuchende Großmutter stieß den Großvater ins Haus. So verschreckt hatte der Junge seinen Großvater noch nie gesehen. Er schien nichts mehr zu begreifen. Verstört irrte der Blick des alten Mannes umher. Die Großmutter stieß ihn vor die Brust, damit er sich setzte.

»Setz dich hin, du Narr, und misch dich nicht ein. Das machen die doch nicht zum ersten Mal durch! Wenn du willst, daß sich alles wieder einrenkt, dann bleib sitzen, und halt dich raus. Mach, was ich dir sage. Hörst du? Sonst bringt der uns noch ins Grab, verstehst du, der bringt uns unter die Erde. Wo sollen wir denn hin auf unsere alten Tage? He?« Sprach's, schlug die Tür zu und eilte davon.

Im Haus wurde es wieder still. Nur des Großvaters röchelnder, abgerissener Atem war zu hören. Den

Kopf in die zitternden Hände gestützt, saß er auf der Fußbank am Küchenherd. Auf einmal fiel der Greis auf die Knie, hob die Hände, stöhnte auf und redete mit wer weiß wem:

»Nimm mich doch zu dir, hol mich Erbärmlichen doch endlich ab! Nur gib ihr ein Kind! Ich habe nicht mehr die Kraft sie anzusehen. Gib ihr doch wenigstens ein einziges. Hab Erbarmen mit uns ...«

Der Alte weinte, schwankte, stand auf, hielt sich an der Wand fest und tastete zur Tür. Er ging hinaus, machte die Tür hinter sich zu und schluchzte draußen kaum hörbar, die Hand vor den Mund gepreßt.

Dem Jungen wurde übel. Er hatte wieder Schüttelfrost. Es überlief ihn heiß und kalt. Er wollte aufstehen und nach dem Großvater sehen. Aber Arme und Beine gehorchten ihm nicht, und der Kopf tat ihm weh. Hinter der Tür weinte der alte Mann, und auf dem Hof tobte Oroskul im Rausch, Tante Bekej heulte verzweifelt. Güldschamal und die Großmutter redeten beschwichtigend auf die beiden ein.

Vor alledem floh der Junge in die Welt seiner Phantasie.

Wieder steht er am Ufer des reißenden Flusses. Am anderen Ufer, auf dem Geröllstreifen, stehen wieder die Marale. Flehentlich ruft der Junge:

»Gehörnte Hirschmutter, bring Tante Bekej doch bitte eine Wiege auf deinem Geweih! Bitte, bitte bring ihnen endlich die Wiege! Laß sie ein Kind haben!« und rennt ins Wasser auf die Gehörnte Hirschkuh zu. Das

Wasser aber gibt nicht nach, er kommt nicht einen Schritt näher heran, tritt immer nur auf der Stelle. Und bittet dabei flehentlich die Gehörnte Hirschkuh, beschwört sie: »Bring ihnen die Wiege! Auf deinem Geweih! Mach, daß Großvater nicht mehr weint, mach, daß Onkel Oroskul Tante Bekej nicht mehr verprügelt. Mach, daß ihnen ein Kind geboren wird! Dann will ich sie auch alle lieben, auch den Onkel Oroskul will ich lieben, laß ihn bloß erst sein Kind haben! Bring ihnen die Wiege auf deinem Geweih...«

Dem Jungen kommt es so vor, als höre er in der Ferne ein Glöckchen. Es tönt immer lauter. Die Hirschmutter läuft über die Berge und trägt die Wiege auf ihrem Geweih herbei, oben am Bügel festgebunden einen Beschik aus Birkenholz mit Glöckchen daran. Hell bimmelt das Wiegenglöckchen. Die Gehörnte Hirschmutter hat sich sehr beeilt. Das Bimmeln kommt näher und näher...

Was war denn das? Dem Klingeln mischte sich entfernter Motorenlärm bei. Ein Lastwagen. Das Brummen des Fahrzeugs wurde lauter, kam näher, das Glöckchen hingegen klang leiser, war nur noch hin und wieder von ferne zu hören und ging bald ganz im Röhren des Motors unter.

Der Junge hörte, wie ein Lastwagen scheppernd auf den Hof gefahren kam. Kläffend rannte ihm der Hund auf dem Hof entgegen. Für einen Augenblick irrlichterte der Scheinwerfer durchs Fenster und erlosch schlagartig, als der Motor verstummte. Autotüren knallten. Laut redend gingen die Ankömmlinge, ihren Stimmen nach zu urteilen drei, unter dem Fenster vorbei, hinter dem der Junge lag.

»Sejdachmat ist wieder da!« Das war Güldschamals freudige Stimme, es war deutlich zu hören, wie die junge Frau auf ihren Mann zulief. »Wir haben schon so auf dich gewartet!«

»Guten Abend«, antworteten ihr die Unbekannten.

»Na wie geht's euch denn so?« fragte Sejdachmat.

»Schon gut. Man lebt halt. Warum kommst du denn so spät?«

»Glück im Unglück gehabt. Bis zur Sowchose hab ich's noch geschafft, dann aber mußte ich ewig auf einen Wagen warten, der in dieselbe Richtung fährt. Und wäre es bloß bis Dschelesaj gewesen. Na und da kamen die hier vorbei, haben irgendwas von Holzholen erzählt. Ist schon verdammt dunkel in der Schlucht. Und du weißt ja selbst, wie der Weg ist.«

»Und wo ist Oroskul? Zu Hause?« erkundigte sich einer von den Ankömmlingen.

»Ja, ist er«, sagte Güldschamal zögernd. »Hat sich was weggeholt. Aber macht euch keine Sorgen. Könnt bei uns übernachten, Platz ist genug da. Gehen wir erst mal rein.«

Sie gingen weiter. Blieben aber nach ein paar Schritten wieder stehen.

»Guten Abend, Graubart. Guten Abend, Mütterchen.«

Jetzt begrüßten sie also Großvater Momun und die Großmutter. Die beiden hatten sich halbwegs gefangen und wohl vor den Ankömmlingen geschämt und gingen ihnen im Hof entgegen, wie sich das bei Fremden gehört.

Vielleicht wird sich Oroskul auch besinnen? Wenn er doch sich selbst und die anderen nicht ganz in Verruf brächte.

Der Junge hatte sich beruhigt. Es ging ihm jetzt besser. Der Kopf tat nicht mehr ganz so weh. Er dachte sogar daran, aufzustehen und sich den Lastwagen näher anzusehen. Was war das überhaupt für einer, hatte der vier Räder oder sechs? War der neu oder schon älter? Und was war mit dem Anhänger? Im Frühjahr war ein Militärlaster hier vorgefahren, so einer auf hohen Rädern und die Schnauze platt, wie abgehackt. Der Fahrer, ein junger Soldat, hatte ihn im Führerhaus sitzen lassen. Das war ein Gefühl! Und der andere Soldat mit den goldenen Schulterstücken war mit Oroskul in den Wald gegangen. Was sollte das denn bedeuten? Das hatte es hier noch nie gegeben.

»Was macht ihr? Sucht ihr Spione?« hatte der Junge den Soldaten gefragt. Der mußte lachen.

»Stimmt. Suchen wir.«

»Zu uns hat sich aber noch nie ein Spion verirrt«, sagte der Junge traurig.

Wieder lachte der Soldat.

»Was hättest du denn mit dem gemacht?«

»Na, gejagt hätte ich den und eingefangen.«

»O Mann, bist ja mächtig auf Draht. Bloß noch ein bißchen klein. Wachs lieber erst mal.«

Und während der andere Soldat mit den goldenen Schulterstücken mit Oroskul durch den Wald ging, redete der Junge mit dem Fahrer.

»Ich kann alle Autos und alle Fahrer gut leiden«, sagte der Junge.

»Wieso denn das?« fragte der Soldat.

»Autos sind was Feines. Die sind stark und schnell. Und riechen außerdem so gut nach Benzin. Und die Fahrer, die sind immer jung, und außerdem sind sie alle Kinder der Gehörnten Hirschmutter.«

»Eh, warte mal, wie war das?« Der Soldat begriff nicht. »Von was für einer gehörnten Mutter?«

»Das weißt du nicht?«

»Nein. Noch nie gehört.«

»Und wo bist du her?«

»Ich? Aus Karaganda. Bin Kasache. Bin in die Bergwerksschule gegangen.«

»Nein, ich mein, von wem stammst du ab?«

»Von meinen Eltern wohl.«

»Und die?«

»Na, auch von ihren Eltern.«

»Und die?«

»Also hör mal, da kannst du ja ewig weiterfragen.«

»Siehst du. Ich bin zum Beispiel ein Sohn von den Söhnen der Gehörnten Hirschmutter.«

»Wer hat dir das denn erzählt?«

»Mein Großvater.«

»Da stimmt irgendwas nicht«, sagte der Soldat kopfschüttelnd.

Dieses Bürschchen mit dem großen Kopf und den abstehenden Ohren, dieser Sohn von Söhnen der Gehörnten Hirschmutter, fing an ihn zu interessieren. Andererseits war der Soldat etwas verlegen, als sich herausstellte, daß er erstens nicht wußte, wo sein Geschlecht anfing, und daß er zweitens nicht mal die obligatorischen sieben Urahnen wie am Schnürchen hersagen konnte. Er kannte bloß seinen Vater, seinen Großvater und Urgroßvater. Ja und weiter?

»Hat dir wirklich noch nie einer gesagt, daß man sich die Namen seiner sieben Urahnen merken soll?« hatte der Junge ihn gefragt.

»Hat mir noch keiner gesagt. Wozu auch? Ich weiß sie nicht, na und? Kann auch ohne leben.«

»Großvater sagt, daß die Menschen schlecht werden, wenn sie sich nicht mehr an ihre Vorväter erinnern.«

»Wer soll schlecht werden, die Menschen?«

»Ja.«

»Und warum?«

»Mein Großvater sagt, dann schämt sich keiner mehr der schlimmen Taten wegen, wenn sich die Kinder und Kindeskinder nicht mehr an sie erinnern. Dann tut auch keiner mehr Gutes, weil die Kinder ja nichts mehr davon wissen werden.«

»Du hast aber einen Großvater!« Der Soldat war

beeindruckt. »Interessanter Großvater. Nur trichtert er dir allen möglichen Unsinn ein. Und bei dir scheint allerhand in den Kopf zu passen... Und Ohren hast du auch wie die Radarschirme bei uns auf dem Truppenübungsplatz. Hör bloß nicht auf den. Wir sind auf dem Weg zum Kommunismus, fliegen in den Weltraum, und was bringt der dir bei? Der müßte mal zu uns in den Politkurs kommen, den hätten wir aber im Schnellverfahren umerzogen, sag ich dir. Wenn du groß bist und aus der Schule kommst, dann mach bloß, daß du von deinem Großvater wegkommst. Ein rückständiger Mensch ist das.«

»Nein, von meinem Großvater geh ich nie weg«, protestierte der Junge. »Der ist gut.«

»Das sagst du jetzt. Später begreifst du's dann besser.«

Jetzt, da er auf die Stimmen horchte, mußte der Junge auch daran denken, daß es ihm damals nicht gelungen war, dem Soldaten klarzumachen, warum die Fahrer hier, zumindest die, die er kannte, sich als Söhne der Gehörnten Hirschmutter betrachteten.

Dabei hatte der Junge ihm die Wahrheit gesagt und nichts dazu erfunden. Vor einem Jahr, auch im Herbst, so wie jetzt oder ein bißchen später, waren Lastwagen aus der Sowchose in die Berge gekommen, um Heu zu holen. Sie waren nicht an ihrer Siedlung vorbeigefahren, sondern vorher in das Artscha-Tal abgebogen und fuhren bergauf, wo sie im Sommer die Wiesen gemäht hatten, um das Heu später im

Herbst auf die Sowchose zu schaffen. Als der Junge den Motorenlärm auf dem Karaul-Berg gehört hatte – sowas hatte er hier oben noch nie erlebt –, war er zur Weggabelung gerannt. So viele Autos auf einmal! Eins nach dem anderen, eine richtige Kolonne! Fünfzehn Laster hatte er gezählt.

Das Wetter stand auf der Kippe, jeden Tag konnte der Schnee kommen. Und dann: »Heu ade bis zum nächsten Jahr.« In diesen Höhenlagen mußte man zusehen, daß man das Heu rechtzeitig einbrachte. Ein Tag zu spät, und man hatte das Nachsehen. Dann war kein Durchkommen mehr. Wahrscheinlich hatten sie in der Sowchose getrödelt und wollten jetzt, da die Zeit drängte, auf einen Schlag und mit allen Wagen das bereitliegende Heu einfahren. Da hatten sie sich aber verrechnet...

Davon ahnte der Junge nichts, was ging es ihn auch an. Er rannte wild vor Freude auf jeden Lastwagen zu, lief um die Wette mit ihm, um gleich darauf den nächsten zu begrüßen. Alle Lastwagen waren neu, mit schönen Kabinen, großen Windschutzscheiben. Junge Dschigiten saßen am Steuer, alle wie ausgesucht, alle ohne Schnauzbart, in manchen Lastern saßen sie auch zu zweit. Die Beifahrer mußten das Heu aufladen und festbinden. Dem Jungen jedenfalls kamen sie alle schön vor, tüchtig und fröhlich. Wie im Film.

Der Junge hatte nicht unrecht. So war es auch. Wagen und Fahrer waren in bester Form. Zügig ratterten sie über den befestigten Schotterweg, an der Stelle vorbei, wo es zum Kraul-Berg hinabging. Die Stimmung war vorzüglich, das Wetter nicht übel, und dann tauchte so ein Bürschchen mit großem Kopf und großen Ohren auf, keiner wußte woher, kam auf jeden Wagen zugeschossen und war vor Freude außer Rand und Band. Man mußte doch lachen, ihm zuwinken oder zum Spaß mit dem Zeigefinger drohen, mit dem Ergebnis, daß er es nur um so toller trieb.

Der letzte Laster hielt sogar an. Aus dem Fahrerhaus schaute ein junger Bursche heraus, er hatte eine Matrosenjacke an, ohne Schulterstücke, und trug statt einer Uniformmütze ein gewöhnliches Käppi. Das war einer von den Fahrern.

»Tag! Hallo! Was treibst du denn hier?« fragte er den Jungen und zwinkerte freundlich.

»Nichts weiter«, antwortete der Junge verlegen.

»Bist du der Enkel von Großvater Momun?«

»Bin ich.«

»Hab ich mir gleich gedacht. Bin doch selbst Bugu. Die Jungs hier sind auch alle Bugus. Wir fahren Heu holen. Die Bugus von heute kennen sich nicht mal mehr alle. Wandern in der Weltgeschichte rum. Sag deinem Großvater einen schönen Gruß von mir. Sag ihm, du hast Kulubek getroffen, Tschotbais Sohn. Kannst ihm sagen, daß Kulubek von der Armee zurück ist und jetzt als Fahrer in der Sowchose arbeitet. Also, mach's gut!« Zum Abschied hatte er dem Jungen ein Soldatenabzeichen in die Hand gedrückt. Sah beeindruckend aus wie ein richtiger Orden.

Der Lastwagen fauchte auf wie ein Schneeleopard und rollte los, den anderen hinterher. Der Junge wäre gern mit diesem freundlichen, tüchtigen Burschen in der Matrosenjacke mitgefahren. Mit seinem Bugu-Bruder. Aber auf dem Weg war keiner mehr, und er mußte nach Hause.

Stolz kehrte er heim und erzählte dem Großvater von seiner Begegnung. Und das Abzeichen steckte er sich an die Brust.

Damals hatte gegen Abend überraschend der Wind vom himmelhohen Bergrücken des San Tasch her zugeschlagen. Heftige Böen setzten ein. Über dem Wald stob das Laub in Wirbeln auf, höher und höher, und fegte unter wildem Heulen über die Berge. Im Nu war ein Unwetter ausgebrochen, daß man die Augen nicht mehr aufbekam. Und dann der Schnee. Eine weiße Finsternis überraschte die Erde, der Wald schwankte, der Fluß toste. Schneeflocken wirbelten wild.

Es gelang eben noch, das Vieh in den Stall zu treiben, die nötigsten Gerätschaften und zusätzliches Brennholz ins Haus zu tragen. Wenig später schon konnte man nicht mehr den Kopf zur Tür hinausstrecken. Wohin auch bei diesem frühen wild wütenden Schneesturm?

»Was das bloß zu bedeuten hat?« fragte sich Großvater Momun sorgenvoll, als er den Ofen anheizte. Immer wieder horchte er auf den pfeifenden Wind und trat immer wieder ans Fenster.

Hinter dem Fenster wurde die in sich kreisende Schneewand noch dichter.

»Bleib doch endlich mal sitzen!« knurrte die Alte, »Als ob das heute zum ersten Mal passiert. Was das bloß zu bedeuten hat«, äffte sie ihn nach. »Das hat zu bedeuten, daß der Winter angefangen hat.«

»So plötzlich, von einem auf den anderen Tag?«

»Warum denn nicht? Der wird dich gerade fragen. Es war ihm eben danach, dem Winter. Und jetzt ist er da.«

Im Ofenrohr ein einziges Geheul. Der Junge hatte zuerst Angst, und er fror, als er dem Großvater zur Hand ging. Doch als das Holz brannte, breitete sich die Wärme aus. Überall roch es nach brennendem Harz und Fichtenholzrauch. Und der Junge beruhigte sich, und es wurde ihm warm.

Sie aßen zu Abend. Sie legten sich schlafen. Draußen auf dem Hof stöberte der Schnee, und der Wind tobte.

Jetzt ist es im Wald bestimmt ganz furchtbar, dachte der Junge und lauschte auf die Geräusche hinter dem Fenster. Bänglich wurde ihm, als er plötzlich undeutliche Stimmen hörte und vereinzelte Schreie. Da rief einer den andern, der schrie zurück. Zuerst dachte der Junge, er habe es sich eingebildet. Wer mochte denn jetzt in die Siedlung kommen? Aber der Großvater Momun und die Großmutter horchten auch schon.

»Da sind Leute«, sagte die Großmutter.

»Ja, ja«, sagte der Alte zögernd.

Dann wurde er unruhig. Aber woher kommen die zu solcher Zeit? Hastig zog er sich an. Auch die Großmutter stand hastig auf, sie machte Licht. Und der Junge, der auf einmal erschrocken war, zog sich rasch an. Die Leute kamen schon zum Haus. Viele Stimmen. Viele Füße. Die Sohlen knirschten auf dem zusammengewehten Schnee, sie polterten über die Veranda, dann wurde gegen die Tür gehämmert.

»Graubart, machen Sie auf, wir erfrieren!«

»Wer seid ihr denn?«

»Welche von euch.«

Momun machte die Tür auf. In einem Schwall aus Kälte, Wind und Schnee stürzten über und über verschneit dieselben jungen Fahrer ins Haus, die tags zuvor zum Heuholen ins Artscha-Tal gefahren waren. Der Junge hatte sie sofort erkannt. Kulubek in der Matrosenjacke, der ihm das Soldatenabzeichen geschenkt hatte. Einen mußten sie stützen, er stöhnte und zog ein Bein nach. Im Haus herrschte sofort Tumult.

»Gott steh uns bei! Was ist denn mit euch passiert?« jammerten Momun und die Großmutter im Chor.

»Wir erzählen nachher. Es sind noch ein paar von uns draußen. Sieben Mann. Wenn die bloß nicht vom Weg abkommen. Komm, setz dich hierher. Hat sich den Fuß verstaucht«, stieß Kulubek hastig hervor und setzte den stöhnenden Burschen auf der Fußbank vor dem Ofen ab.

»Wo sind sie denn, die andern von euch?« sagte Momun hastig. »Ich geh los und bring sie her. Und du«, sagte er zu dem Jungen, »lauf zu Sejdachmat und sag ihm, er soll schnell mit der Taschenlampe herkommen.«

Als der Junge aus dem Haus sprang, rang er nach Luft. Diesen grimmigen Augenblick würde er bis ans Lebensende nicht mehr vergessen. Ein zottiges, kaltes, pfeifendes Ungeheuer hatte ihn an der Kehle gepackt und schüttelte ihn durch. Er ließ sich jedoch nicht entmutigen. Er entwand sich der eisernen Pranke, schützte seinen Kopf mit den Armen und rannte zu Sejdachmats Haus. Es waren bloß zwanzig oder dreißig Schritte zu laufen, ihm aber kam es so vor, als liefe er von weit her durch diesen Schneesturm wie ein Recke, der seinen Kriegern zu Hilfe eilt. Ihm schwoll die Brust vor Wagemut und wilder Entschlossenheit. Mächtig und sieggewohnt fühlte er sich, und auf dem Weg zu Sejdachmat hatte er Heldentaten vollbracht, die einem den Atem raubten. Er setzte über klaffende Abgründe, schwang sich von Berg zu Berg, schlug ganze Heerhaufen des Feindes nieder, entriß Verbrennende den Flammen, Ertrinkende den Fluten, verfolgte in einem Düsenjäger mit rotem Banner an der Heckflosse jenes zottige schwarze Ungeheuer, das sich in Felsspalten vor ihm zu verkriechen suchte. Wie ein Projektil schoß sein Düsenjäger dem Ungeheuer nach. Der Junge hielt das Maschinengewehr, feuerte und brüllte: »Schlagt die Faschisten!« Bei alledem war natürlich die Gehörnte Hirschmutter zugegen. Sie war stolz auf ihn. Als der Junge schon auf die Tür von Sejdachmats Haus zulief, sagte die Gehörnte Hirschmutter zu ihm: »Und jetzt rette noch die jungen Fahrer, meine Söhne!« »Ich werde sie retten, Gehörnte Hirschmutter. Das schwöre ich dir!« sagte der Junge laut und trommelte gegen die Tür.

»Mach schnell, Onkel Sejdachmat. Wir müssen die Unseren retten!« Diese Worte schossen so schnell aus ihm heraus, daß Sejdachmat und Güldschamal vor Angst zurückprallten.

»Wen sollen wir retten? Was ist denn los?«

»Großvater hat gesagt, du sollst ganz schnell mit der Taschenlampe kommen. Die Fahrer von der Sowchose haben sich verirrt.«

»Sag das doch gleich, du Dummkopf«, schimpfte Sejdachmat und machte sich schnell fertig.

Damit hatte er den Jungen jedoch nicht im geringsten gekränkt. Woher sollte Sejdachmat auch wissen, was für Heldentaten er vollbringen mußte, um sich bis zu ihm durchzuschlagen, und was für einen Eid er da eben geleistet hatte. Der Junge war auch nicht sonderlich enttäuscht als er erfuhr, daß Großvater Momun und Sejdachmat die sieben Fahrer gleich vor der Siedlung aufgefunden und ins Haus gebracht hatten. Es hätte schließlich auch ganz anders kommen können! Eine Gefahr ist nichts, wenn man sie erst bestanden hat. Also, jetzt hatten sie die anderen auch gefunden. Sejdachmat brachte sie bei sich unter. Sogar Oroskul ließ fünf Mann bei sich übernachten, er mußte eigens geweckt werden. Die übrigen drängten sich alle in Großvater Momuns Haus zusammen.

Das Schneetreiben legte sich noch lange nicht. Der Junge ging auf die Veranda hinaus und wußte wenig später schon nicht mehr, wo links und rechts war, wo oben, wo unten. Heulend tobte der Schneesturm durch die Nacht. Kniehoch lag der Schnee.

Und erst jetzt, nachdem alle Fahrer gefunden waren, nachdem sie sich aufgewärmt und von Angst und Kälte erholt hatten, erkundigte Großvater Momun sich vorsichtig, was denn geschehen sei, obwohl klar war, daß das Unwetter sie unterwegs überrascht hatte. Die Burschen berichteten, und die beiden Alten seufzten dazu.

»Ach du meine Güte«, staunten sie und dankten Gott, die Hände an die Brust gedrückt.

»Und dann seid ihr viel zu leicht angezogen, Jungs«, sagte die Großmutter vorwurfsvoll, als sie Tee einschenkte. »Das ist ja nun wirklich nichts für die Berge, was ihr da anhabt, Kinder seid ihr, Kinder. Eitel seid ihr und wollt wie die in der Stadt aussehen. Und wenn ihr vom Weg abgekommen wärt, hättet ihr am Morgen, was Gott sei Dank nicht passiert ist, wie Eiszapfen dagestanden.«

»Wer konnte denn ahnen, daß es so kommt«, erwiderte Kulubek. »Warum hätten wir uns warm anziehen sollen? Im Notfall sind die Autos zu heizen. Da sitzt du drin wie bei dir zu Hause. Gemütlich hinterm Steuer. Oder wie im Flugzeug, denk mal, wie hoch das fliegt, die Berge hier sehen von da oben wie flache Hügel aus, und hinter der Bordwand sind es vierzig Grad unter Null, und innen sitzen die Leute in Hemdsärmeln…«

Der Junge lag mitten unter den Fahrern auf einem Schafsfell. Er drängelte sich neben Kulubek und spitzte die Ohren, um sich nur ja nichts von der Unterhaltung der Erwachsenen entgehen zu lassen. Niemand ahnte, wie froh er doch war, daß dieser Schneesturm sie überrascht und die Männer gezwungen hatte, in der Siedlung Zuflucht zu suchen. Insgeheim wünschte er sich, daß der Schneesturm noch tagelang anhielt, wenigstens aber die nächsten drei Tage. Sollten sie ruhig hier bleiben. Es war so schön mit ihnen. Und interessant. Außerdem stellte sich heraus, daß Großvater sie alle kannte. Wenn nicht sie selbst, so doch ihre Väter und Mütter.

»Siehst du«, hatte er fast ein wenig stolz zu seinem Enkel gesagt, »jetzt hast du mal deine Brüder kennengelernt. Alles Bugus. Jetzt weißt du wenigstens, was du für Brüder hast. Die sind richtig! Wie schön groß die Dschigiten heutzutage geraten sind. Gebe Gott euch allen Gesundheit! Ich weiß noch, wie sie uns im Winter zweiundvierzig nach Magnitogorsk verfrachtet haben, auf den Bau…«

Und jetzt erzählte Großvater die Geschichte, die der Junge schon so gut kannte, wie die Bausoldaten von überall her herangekarrt wurden, der Größe nach in einer langen Reihe antreten mußten und wie die Kirgisen, weil sie nun mal so klein waren, ganz am Ende standen. Nach dem Appell in der Rauchpause kommt so ein Hüne auf sie zu, ein Kerl wie ein Baum und mit lauter roten Haaren dran, und der stänkert los:

»Was sind denn das für welche? Mandschuren?«

Sie hatten einen alten Lehrer bei sich und der sagte:

»Wir sind Kirgisen. Und als wir gegen die Mandschuren gekämpft haben, gar nicht weit von hier, da war an Magnitogorsk noch gar nicht zu denken. Wir waren übrigens damals alle so groß wie du jetzt. Laß uns erst mal mit dem Krieg fertigwerden, dann wachsen wir wieder nach...«

An dieses weit zurückliegende Erlebnis mußte Großvater denken. Er lächelte zufrieden und sah sich die nächtlichen Gäste noch einmal an.

»Der Lehrer hat recht behalten. Wenn ich in der Stadt bin und mir die Leute auf der Straße betrachte, sehe ich doch, was für ein schönes, stattliches Volk jetzt nachwächst. Nicht so wie in alten Zeiten...«

Das junge Volk lächelte verständnisvoll: Der Alte macht gern einen Spaß.

»Schön groß sind wir ja inzwischen«, bemerkte einer von ihnen, »und haben trotzdem einen Laster in den Straßengraben gesetzt. Wir sind zwar viele, aber nicht stark genug...«

»Ja, was willst du denn? Vollgeladen mit Heu und dann dieser Schneesturm«, so nahm Großvater Momun sie vor sich selbst in Schutz. »Das kommt vor. Wenn Gott will, ist morgen alles wieder in Ordnung. Erst muß der Sturm sich legen.«

Die jungen Leute erzählten dem Großvater, wie sie auf die Hochalm des Artscha gefahren sind. Drei große Heuschober hatten sie vorgefunden. Sie luden das Heu von allen Schobern gleichzeitig auf. Ihre Fuhren waren hoch, höher als ein Haus, so daß sie sich an den Haltestricken abseilen mußten. Sie beluden einen Lastwagen nach dem andern. Die Fahrerkabinen waren nicht mehr zu sehen, nur noch die Windschutzscheiben, Kühlerhauben und Räder. Da sie schon mal hier waren, wollten sie gleich alles mitnehmen, um nicht wiederkommen zu müssen. Wenn Heu übrigbleibt, das wußten sie, bleibt es bis zum nächsten Jahr liegen. Sie arbeiteten um die Wette. Wer seinen Wagen voll hatte, fuhr ihn beiseite und half den anderen. Fast das ganze Heu hatten sie aufgeladen, höchstens zwei Fuhren blieben liegen, mehr nicht. Sie legten eine Rauchpause ein, machten aus, wer sich hinter wem halten sollte, und fuhren zusammen los, die ganze Kolonne. Sie fuhren vorsichtig, fast tasteten sie sich den Berg hinunter. Heu ist zwar keine schwere Fracht, hat aber Tücken und kann gefährlich werden, besonders wenn's eng wird oder in steilen Kurven.

Während sie so fuhren, ahnten sie nicht, was sie erwartete.

Sie hatten die Hochebene des Artscha hinter sich gelassen und krochen in der Schlucht weiter, und als sie aus der Schlucht hervorkamen, es war gegen Abend, da nahm der Orkan sie in Empfang, und der Schnee schlug ihnen entgegen.

»Die Hölle war los, und wir gerieten mächtig in Schweiß«, erzählte Kulubek. »Schlagartig war es dunkel, und der Wind riß einem das Lenkrad aus der Hand. Ich hatte Angst, der würde jeden Augenblick den Laster umkippen. Und dann die Straße, die schon tagsüber gefährlich war.«

Der Junge hörte atemlos zu, erstarrte fast und sah Kulubek unverwandt aus glänzenden Augen an. Wind und Schnee, über die hier gesprochen wurde, waren es, die sich da auf der anderen Seite des Fensters austobten. Viele von den Fahrern und Beifahrern schliefen schon in einer Reihe hingestreckt auf dem Fußboden, in Kleidern und Stiefeln. Und alles, was sie erlebt hatten, erlebte der kleine Kerl mit dem großen Kopf auf dem dünnen Hals und den abstehenden Ohren noch einmal.

Wenige Augenblicke später war die Straße nicht mehr zu erkennen, wie Blinde hinter einem Blindenführer hielten sich die Lastwagen einer hinter dem anderen und hupten ununterbrochen, damit keiner seitlich ausscherte. Der Schnee fiel dicht wie eine Wand, verklebte die Scheinwerfer, und die Wischer schafften es nicht, die Scheiben vom Eis zu befreien. Da mußte man den Kopf zum Fenster hinaushalten.

Aber was für ein Fahren ist das. Und pausenlos dieser dichte Schnee. Die ersten Reifen drehten durch. Vor einem steilen Anstieg blieb die Kolonne stehen. Die Motoren heulten auf wie irre. Vergebens. Da sprangen sie aus ihren Kabinen und rannten von Wagen zu Wagen und immer so, daß der eine den andern noch hören konnte, bis zum ersten Wagen und berieten. Was war zu tun? Feuer anzumachen ist unmöglich. Jeder in seiner Kabine zu bleiben, das hätte bedeutet, den Rest Benzin aufzubrauchen, und der reichte ohnedies nur knapp bis zur Sowchose. Und wenn sie die Kabinen ungeheizt ließen, würden sie irgendwann erfrieren. Hier war guter Rat teuer. Die allmächtige Technik erwies sich als ohnmächtig. Was tun? Einer schlug vor, das Heu von einem der Wagen abzuladen, damit sie sich alle darin eingraben könnten. Dabei war allen klar, daß sie die Fuhre nur loszubinden brauchten, und das Heu wären sie bis auf den letzten Halm los. Der Sturm hätte es im Handumdrehen verweht. Inzwischen waren die Fahrzeuge eingeschneit, und zwischen den Rädern hatten sich schon ansehnliche Schneewehen gebildet. Die Jungs standen verwirrt und frierend im eisigen Wind.

»Und da, Graubart, ist mir wieder eingefallen, daß ich ihn hier, als wir den Artscha hochfuhren, getroffen habe, meinen kleinen Bugu-Bruder«, erzählte Kulubek dem Großvater, wies auf den Jungen und strich ihm zärtlich über den Kopf. »Er lief die Straße entlang. Ich hab angehalten. Wir mußten uns doch guten Tag sagen. Dann haben wir uns unterhalten. Stimmt's? Warum schläfst du eigentlich noch nicht?«

Der Junge lächelte und nickte bestätigend. Wenn jemand geahnt hätte, wie hoch ihm das Herz schlug vor Freude und Stolz. Kulubek hatte ihn erwähnt. Der Stärkste, der mit dem meisten Mut, der Schönste von allen. So einer wollte er auch werden.

Großvater lobte ihn auch, während er Feuerholz nachlegte:

»Ja, das ist so einer. Hört gern zu, wenn erzählt wird. Siehst ja, wie er die Ohren spitzt!«

»Warum ich gerade in dem Augenblick an ihn denken mußte, weiß ich auch nicht«, fuhr Kulubek fort. »Jedenfalls sage ich, schreie fast, denn der Wind fegt die Wörter weg, zu den Jungs: Los, sag ich, wir müssen's bis zur Försterei schaffen. Sonst gehen wir hier ein. Wie denn, schreien die Jungs mir ins Gesicht. Wie sollen wir denn bis dahin durchkommen? Doch nicht zu Fuß. Und die Wagen können wir hier auch nicht stehenlassen. Ich wieder: Los, sag ich, wir schleppen die Wagen den Berg hoch, von da geht's bergab. Bis zur San-Tasch-Schlucht müssen wir's noch schaffen, sag ich. Von dort schlagen wir uns zu Fuß zu unsern Förstern durch, ist nicht mehr weit. Das haben die Jungs eingesehen. Also los, sagen sie, du übernimmst das Kommando. Na ja, mußte eben sein. Wir fingen mit dem ersten Wagen an. Los, Osmanali, rauf auf den Bock! Und wir alle Mann die Karre mit den

Schultern angehoben. Es ging! Zuerst jedenfalls, dann ist uns die Puste ausgegangen. Wieder zurück? Nicht daran zu denken! Uns kam es vor, als hievten wir nicht einen Wagen hoch, sondern einen Berg. Was war das denn schon für eine Fuhre, ein Heuhaufen auf Rädern. Ich weiß nur noch, daß ich brüllte: Los jetzt, los! Los! Ohne mich selbst zu hören. Sturm, Schnee, und du siehst nichts. Der Motor heult auf, jault wie lebendig. Mit letzter Kraft fährt sich der Wagen frei. Wir sind oben. Und das Herz scheint zu zerspringen. Im Kopf ein Hämmern...«

»Oje, oje!« klagte Großvater Momun. »Was habt ihr durchgemacht. Gewiß hat euch, ihren Kindern, die Gehörnte Hirschmutter beigestanden. Euch aus der Patsche geholfen. Wer weiß, was sonst passiert wäre... Hör dir das an! Da draußen ist immer noch keine Ruhe. Da fegt's und wirbelt's...«

Dem Jungen waren die Augen zugefallen. Er hatte sich gezwungen, nicht einzuschlafen, doch immer wieder waren ihm die Augen zugefallen. Im Halbschlaf hörte er Fetzen des Gesprächs zwischen Kulubek und dem Großvater und brachte Wirklichkeit und Phantasiegebilde durcheinander. Es kam ihm so vor, als sei er einer dieser Jungs, die der Schneesturm in den Bergen überrascht hat. Sein Blick fällt auf eine steil ansteigende Straße, die in blendend weiße Schneeberge hinaufführt. Der Schneesturm brennt auf den Wangen und sticht in die Augen. Sie schieben einen haushoch mit Heu beladenen Lastwagen bergan. Langsam, ganz langsam rollen sie ihn die Straße hinauf. Irgendwann bleibt der Laster stehen, schwingt zurück und rutscht ab. Es ist schrecklich. Und es ist dunkel. Der Wind beißt in die Haut. Der Junge verkrampft sich vor Angst und befürchtet, der Wagen könne ins Rollen geraten und sie alle zerquetschen. Plötzlich aber taucht die Gehörnte Hirschkuh auf. Mit ihrem Geweih stemmt sie sich gegen den Wagen und hilft schieben. Der Junge schreit: »Los, mach schon! Los!« Und der Wagen fährt, tatsächlich, er fährt an. Auf dem Berg steigen sie aus, und der Wagen fährt allein hinunter. Dann ziehen sie den zweiten Lastwagen hoch, den dritten, und die anderen alle. Und jedes Mal hilft die Gehörnte Hirschmutter. Keiner kann sie sehen. Keiner ahnt, daß sie neben ihnen ist. Nur der Junge sieht sie und weiß Bescheid. Er sieht, daß jedes Mal, wenn's nicht mehr geht, wenn Entsetzen um sich greift, weil die Kräfte sie verlassen, die Gehörnte Hirschkuh herbeieilt und mit ihrem Geweih den Lastwagen anschieben hilft. »Los! Los! Los!« schreit der Junge jedesmal. Und immer ist er neben Kulubek. Dann sagt der zu ihm: »Setz dich mal ans Steuer.« Der Junge klettert in die Kabine. Der Wagen erzittert und brummt. Das Steuerrad dreht sich ganz von selbst in seinen Händen, so leicht wie der Faßreifen, mit dem er als Knirps Auto gespielt hat. Der Junge schämt sich, daß sein Steuer nur ein Spielzeugsteuer war. Plötzlich schwankt der Lastwagen, poltert, kippt zur Seite. Mit riesigem Krach fällt er um und liegt zertrümmert da. Der Junge weint laut auf. Er schämt sich in Grund und Boden. Und er schämt sich, Kulubek in die Augen zu sehen.

»He, was ist denn los, was hast du denn?« weckte ihn Kulubek.

Der Junge machte die Augen auf. Und war froh, alles nur geträumt zu haben. Kulubek nahm ihn in den Arm und drückte ihn an sich.

»Hast du geträumt? Hast dich geängstigt? Na, du bist mir vielleicht ein Held!« Mit seinen harten, vom Wind rauhen Lippen gab er dem Jungen einen Kuß. »Komm, ich leg dich schlafen. Du mußt jetzt schlafen.«

Er legte den Jungen zwischen all die schlafenden Fahrer auf die Filzmatte auf dem Boden, legte sich selbst dazu, schob ihn näher zu sich heran und deckte ihn mit dem unteren Teil seiner Matrosenjacke zu.

Großvater weckte den Jungen in aller Frühe.

»Wach auf«, sagte er leise. »Zieh dir was Warmes an. Kannst mir helfen. Komm, steh auf.«

Matt schimmerte die Morgendämmerung hinterm Fenster. Im Haus schliefen noch alle, hingestreckt in einer Reihe.

»Zieh dir deine Filzstiefel an.«

Großvater roch nach frischem Heu. Er hatte also die Pferde schon gefüttert. Der Junge stieg in seine Filzstiefel und ging mit dem Großvater auf den Hof. Berge von Schnee lagen da. Der Wind jedoch hatte sich gelegt. Nur hin und wieder strich noch ein Schneefähnchen über den Boden.

»Wie kalt!« Der Junge zuckte zusammen.

»Scheint aufzuklaren«, brummte der Alte. »Mußte das sein? Beim ersten Mal kommt es gleich so gewaltig. Aber macht nichts. Wenn's bloß kein Unglück gibt...«

Sie gingen in den Stall, wo Momuns fünf Schafe standen. Der Alte tastete am Balken nach der Petroleumlampe und zündete sie an. Die Schafe sahen sich unruhig nach ihnen um und scharrten mit den Hufen.

»Halt mal, kannst mir leuchten«, sagte Momun zu dem Jungen und gab ihm die Lampe. »Das einjährige Schwarze wird geschlachtet. Wir haben das Haus voller Gäste. Bis die alle aufgestanden sind, ist das Fleisch gar.«

Der Junge leuchtete dem Großvater. Immer noch pfiff der Wind durch die Ritzen, noch war es kalt, und der Hof lag im Halbdunkel. Zunächst warf der Alte einen Armvoll sauberes Heu vor den Eingang. An diese Stelle führte er den schwarzen Jährling, doch bevor er ihn umwarf und ihm die Beine fesselte, hielt er nachdenklich ein und hockte sich hin.

»Stell die Lampe ab. Und hock dich auch hin«, gebot er dem Jungen.

Mit vor der Brust geöffneten Händen sprach er leise vor sich hin:

»O große Mutter. Unsere Gehörnte Hirschmutter.

Dieses schwarze Schaf ist meine Opfergabe für dich. Für die Rettung unserer Kinder in der Stunde der Gefahr. Für deine weiße Milch, mit der du unsere Ahnen genährt hast, für dein gutes Herz, für dein mütterlich wachendes Auge. Sei mit uns auf den Bergpässen, auf stürmischen Flüssen, auf schlüpfrigen Pfaden. Sei ewig mit uns auf Erden, wir sind deine Kinder. Amen.«

Zum Abschluß des Gebets führte er die Hände über sein Gesicht, von der Stirn hinab zum Kinn. Der Junge machte es ihm nach. Dann zog Großvater sein altes asiatisches Messer aus der Scheide.

Der Junge leuchtete ihm mit der Petroleumlampe.

Das Wetter hatte sich endlich beruhigt. Ein paarmal guckte sogar die Sonne verschreckt zwischen dahinjagenden Schneewolken hervor. Ringsum Spuren der vergangenen stürmischen Nacht: Schneewehen krumm und schief, geknickte Hecken, unter der Schneelast zu Bögen verformte junge Bäume, auch entwurzelte Bäume. Schweigend der Wald hinter dem Fluß, still, fast niedergeschlagen. Der Fluß selbst schien abgesackt zu sein, mit dem Schnee waren die Ufer in die Höhe gewachsen und steiler geworden. Das Wasser rauschte nicht mehr so laut.

Die Sonne hatte sich noch nicht recht entschieden, ob sie scheinen oder sich verstecken sollte.

Nichts aber konnte das Gemüt des Jungen überschatten oder gar beunruhigen. Vergessen waren die Aufregungen der letzten Nacht, der Sturm war vergessen, und der Schnee störte ihn nicht besonders, so war es noch interessanter. Er lief hin und her, und die Schneeklumpen flogen von den Füßen. Er war fröhlich, weil im Haus so viele Leute waren, weil die Jungs ausgeschlafen hatten, laut durcheinander redeten, lachten, und mit Appetit das für sie gekochte Schaffleisch aßen.

Nun war auch die Sonne hervorgekommen. Sie schien rein und beständig. Die dunkle Wolkendecke war aufgebrochen. Es wurde sogar warm. Der verfrüht gefallene Schnee sank vor allem auf dem Weg und den Pfaden schnell wieder in sich zusammen.

Unruhe ergriff den Jungen erst, als Fahrer und Beifahrer sich wieder auf den Weg machten. Alle traten sie auf den Hof hinaus, verabschiedeten sich von ihren Gastgebern und dankten für Obdach und Speise. Großvater Momun und Sejdachmat begleiteten sie zu Pferd. Großvater trug ein Bündel Feuerholz und Sejdachmat eine große Zinkwanne, um darin Wasser heißzumachen, mit dem sie die Motoren auftauen konnten.

Alle verließen den Hof.

»Ata, ich will mit. Nimm mich mit!« Der Junge rannte hinter seinem Großvater her.

»Du siehst doch, daß ich das Feuerholz hier habe, und Sejdachmat trägt die Wanne da. Dich kann jetzt keiner mitnehmen. Warum willst du auch dahin?

Wirst doch bloß müde, wenn du durch den Schnee steigst.«

Der Junge war gekränkt. Er schmollte. Da nahm Kulubek ihn mit.

»Komm«, sagte er und nahm ihn bei der Hand. »Kannst mit deinem Großvater zurückreiten.«

Zunächst gingen sie zur Weggabelung, wo die Straße zum Artscha und zur oberen Heuwiese herunterkam. Da lag der Schnee noch hoch. Mit den großen kräftigen Burschen Schritt zu halten, war gar nicht leicht. Der Junge wurde bald müde.

»Komm, ich nehm dich huckepack«, bot Kulubek an. Er nahm den Jungen am Arm und schwang ihn geschickt auf die Schultern. Und so ging er mit ihm, als trüge er ihn täglich auf den Schultern herum.

»Großartig machst du das, Kulubek«, sagte der Fahrer, der neben ihnen ging.

»Ich habe meine Geschwister immer so getragen«, prahlte Kulubek. »Ich war doch der Älteste, und wir waren zu sechst. Mutter arbeitete auf dem Feld, Vater auch. Jetzt haben meine Schwestern eigene Kinder. Als ich aus der Armee zurückkam, ledig, noch ohne Arbeit, da sagte meine älteste Schwester: Komm zu uns. Kannst bei uns wohnen, du kannst so schön auf Kinder aufpassen. – Nein danke, hab ich da gesagt, es reicht. Ich hüte lieber mal die eigenen.«

So gingen sie und unterhielten sich über allerlei. Der Junge genoß es, auf Kulubeks starken Schultern zu reiten. Hätte ich doch nur so einen Bruder, träumte er. Ich würde vor keinem mehr Angst haben. Dann sollte Oroskul nur versuchen, Großvater anzubrüllen oder jemanden anzugreifen. Er wäre sofort still, wenn Kulubek ihn nur mal scharf ansieht.

Die Lastwagen mit dem Heu, die sie gestern nacht zurückgelassen hatten, standen zwei Kilometer oberhalb der Abzweigung. Eingeschneit wie sie waren, sahen sie aus wie Winterschober auf freiem Feld. Die würden so schnell nicht bewegt werden können.

Sie machten Feuer. Sie machten Wasser heiß. Den ersten Motor warfen sie mit der Kurbel an, es kam Leben hinein, er nieste, dann sprang er an. Dann ging's recht schnell. Die anderen Wagen wurden angeschleppt, und jeder angesprungene Laster schleppte den hinter ihm stehenden an.

Als alle Motoren arbeiteten, wurde mit einem doppelten Abschleppseil der Laster hochgezogen, der letzte Nacht in den Straßengraben gestürzt war. Alle halfen, ihn auf den Weg hochzuziehen. Der Junge hockte an der Seite und half auch mit. Er hatte die ganze Zeit über Angst, es könnte jemand sagen: Was krabbelst denn du uns hier zwischen den Beinen rum? Los, hau ab! Doch niemand sagte es und keiner jagte ihn weg. Vielleicht auch nur, weil Kulubek ihm erlaubt hatte zu helfen. Und der war hier der Stärkste, auf den hörten sie alle.

Die Fahrer verabschiedeten sich noch einmal. Die Lastwagen setzten sich in Bewegung. Zuerst langsam, dann immer schneller. Und so zog die Karawane auf dem Weg zwischen den Schneebergen dahin. Die Söhne der Gehörnten Hirschmutter fuhren davon. Sie konnten nicht wissen, daß kraft kindlicher Phantasie die Gehörnte Hirschmutter unsichtbar vor ihnen herlief. Mit weiten kraftvollen Sprüngen jagte sie an der Spitze der Kolonne dahin. Auf dem schwierigen Weg bewahrte sie die Männer vor Kummer und Not. Vor Erdrutsch, vor Lawinen, vor Sturm, vor Nebel und anderen Unbilden der Natur, deretwegen das Nomadenleben der Kirgisen so viele Jahrhunderte lang so viel Leid ausgesetzt war. Hatte Großvater Momun die Gehörnte Hirschmutter in seinem Gebet nicht auch darum angefleht, als er ihr im Morgengrauen das schwarze Schaf opferte?

Da fuhren sie nun. In Gedanken fuhr auch der Junge mit ihnen. Er saß neben Kulubek im Fahrerhaus. Onkel Kulubek, sagte er, da vor uns läuft die Gehörnte Hirschmutter. – Was du nicht sagst! – Doch. Ehrenwort, da ist sie!

»Was ist denn mit dir, träumst du? Was stehst du hier noch rum?« Großvater Momun rief ihn in die Wirklichkeit zurück. »Steig auf, wir müssen nach Hause.« Er beugte sich herab und hob den Jungen vor sich in den Sattel. »Hier, wenn dir kalt ist«, hatte er gesagt und den Enkelsohn fest in seinen Pelz gehüllt.

Damals ging der Junge noch nicht in die Schule.

Jetzt, da er immer wieder aus bleiernem Schlaf aufwachte, dachte er sorgenvoll: Wie soll ich nur morgen in die Schule kommen? Ich bin ja krank, mir ist ja so elend... Dann schlief er wieder ein, und ihm war, als schriebe er Wörter ab, die die Lehrerin an die Tafel geschrieben hatte: At, Ata, Taka (Pferd, Vater, Hufeisen). Mit dieser Übung für Erstkläßler malte er sein ganzes Heft voll, Seite für Seite. At. Ata. Taka. At. Ata. Taka. Er wurde müde, es flimmerte ihm vor den Augen, und es wurde ihm heiß, unerträglich heiß, und er deckte sich auf. Als er aufgedeckt dalag und ihn fröstelte, suchten ihn wieder alle möglichen Traumbilder heim. Bald schwamm er als Fisch durch den eiskalten Fluß auf den weißen Dampfer zu und konnte ihn nicht erreichen. Dann geriet er in einen Schneesturm. Im Schneegestöber zogen sie die Laster mit ihrem Heu auf dem steil bergauf führenden Weg. Die Motoren heulten wie Menschen, aber die Wagen saßen fest. Die Räder drehten durch und wurden glühend rot. Sie fingen Feuer und Flammen stiegen auf. Ihr Geweih gegen die Ladeklappe gestemmt, schob die Gehörnte Hirschmutter den Lastwagen mit dem Heu bergan. Der Junge half und schob nach Kräften mit. Heiß rann ihm der Schweiß aus allen Poren. Auf einmal war die Heufuhre eine Kinderwiege. Die Gehörnte Hirschmutter sagte zu dem Jungen: Komm, wir beeilen uns und bringen den Beschik zu Tante Bekej und Onkel Oroskul. Sie liefen los. Der Junge blieb zurück. Doch vor ihm in der Dunkelheit klingelte und bimmelte das Wiegenglöckchen. Seinem Ruf lief er hinterher.

Er wachte auf, als er Schritte auf der Veranda hörte und die Tür quietschte. Großvater Momun und die Großmutter waren zurück und hatten sich offenbar beruhigt. Die Ankunft fremder Leute in der Siedlung hatte Oroskul und Tante Bekej offenbar bewogen, sich maßvoll zu verhalten. Vielleicht aber hatte Oroskul auch nur genug getrunken und war endlich eingeschlafen. Draußen waren weder Schreie noch Schimpfworte zu hören.

Gegen Mitternacht ging der Mond über den Bergen auf und hing als milchige Scheibe über dem höchsten Eisgipfel. Der in ewiges Eis geschmiedete Berg reckte sich mit ungleichmäßigen Graten geisterhaft schimmernd in die Finsternis. Ringsumher verharrten Berge, Felsen, schwarze reglose Wälder in vollkommenem Schweigen, und in der Tiefe rauschte zwischen Steinen lärmend der Fluß.

Matt fiel das Mondlicht schräg durchs Fenster ein. Den Jungen störte das. Er wälzte sich hin und her und kniff die Augen zusammen. Er wollte die Großmutter bitten, den Vorhang zuzuziehen, ließ es aber bleiben, denn sie war böse auf den Großvater.

»Dummkopf«, zischte sie, als sie sich schlafen legte. »Wenn du schon nicht weißt, wie man mit Leuten umgeht, dann halt den Mund. Und gehorche. Der hat dich doch in der Hand. Deinen Lohn kriegst du von ihm. Und wenn's nur Groschen sind. Dafür aber jeden Monat. Wenn der Lohn wegfällt, was bleibt dann noch von dir? Alt und nicht klüger…«

Der Alte sagte nichts. Die Großmutter verstummte. Dann sagte sie überraschend laut:

»Wem der Lohn gestrichen wird, der ist kein Mensch mehr. Der ist ein Niemand.«

Wieder gab der Alte keine Antwort.

Der Junge konnte nicht einschlafen. Der Kopf tat ihm weh, und die Gedanken gingen wirr durcheinander. Er dachte an die Schule und wurde unruhig. Er hatte doch noch keinen einzigen Tag versäumt und konnte sich nicht vorstellen, wie er es aushalten sollte, wenn er morgen nicht nach Dschelesaj in seine Schule ritt. Und wenn Oroskul den Großvater von der Arbeit wegjagt, dann macht die Großmutter dem Großvater doch das Leben zur Hölle. Auch darüber dachte der Junge nach. Was sollte dann aus ihnen werden?

Warum leben die Menschen so? Warum sind die einen bösartig und die andern gut? Warum gibt es Glückliche und Unglückliche? Warum gibt es solche, vor denen alle Angst haben, und solche, vor denen keiner Angst hat? Warum haben die einen Kinder und die anderen haben keine? Warum dürfen die einen den andern mir nichts dir nichts keinen Lohn mehr zahlen? Wahrscheinlich sind das die besten Menschen, die den größten Lohn bekommen. Sein Großvater bekommt wenig und alle behandeln ihn schlecht. Ach, was konnte er bloß tun, damit der Großvater mehr Lohn erhält? Vielleicht würde Oroskul den Großvater dann endlich achten? Von solchen Gedanken schmerzte dem Jungen der Kopf nur noch mehr. Wieder mußte er an die Marale denken, die er spät nachmittags an der Furt gesehen hatte. Wie mochte es ihnen jetzt gehen, mitten in der Nacht? Sie waren doch ganz allein in den kalten und felsigen Bergen, im stockfinsteren Wald. Das war doch zum Fürchten. Und was ist, wenn Wölfe über sie herfallen? Wer soll Tante Bekej dann die im Geweih aufgehängte Zauberwiege bringen?

Er versank in unruhigen Schlaf und flehte halbwach noch die Gehörnte Hirschmutter an, Oroskul und Tante Bekej die Birkenholzwiege zu bringen. Laß sie doch endlich Kinder haben! Laß sie doch endlich Kinder haben! beschwor er die Gehörnte Hirschmutter. Von fern hörte er den Klang des Wiegenglöckleins. In aller Eile hatte die Gehörnte Hirschmutter die Zauberwiege ins Geweih genommen und kam herbeigesprungen.

7

Am nächsten Morgen erwachte der Junge von einer Berührung. Großvaters Hand war kalt, von draußen. Der Junge zuckte zusammen.

»Ruhig, bleib liegen.« Großvater hauchte die Hände warm und befühlte erst die Stirn, dann Brust und Bauch des Jungen. »Ja, da hilft alles nichts, du bist krank«, stellte Großvater betrübt fest. »Hast Fieber. Und ich dachte schon, warum liegt denn der noch im Bett? Ist doch längst Zeit für die Schule.«

»Bin gleich so weit. Ich steh auf.« Der Junge hob den Kopf und alles drehte sich vor seinen Augen, und es sauste in den Ohren.

»Untersteh dich.« Großvater bettete den Jungen aufs Kissen zurück. »Wer wird dich denn in die Schule bringen? Zeig mal die Zunge her.«

Der Junge versuchte seinen Kopf durchzusetzen.

»Dann schimpft die Lehrerin. Sie kann es nicht leiden, wenn einer fehlt...«

»Sie wird nicht schimpfen. Ich gebe ihr Bescheid. Komm, zeig mal deine Zunge her.«

Großvater betrachtete sich Zunge und Rachen des Jungen. Er suchte lange nach dem Puls: Die von grober Arbeit hart gewordenen schwieligen Finger ertasteten wie durch ein Wunder den Pulsschlag am heißen, verschwitzten Handgelenk des Jungen. Jetzt wußte der alte Mann, was er wissen wollte, und sagte beruhigend:

»Gott ist barmherzig. Hast dich ein bißchen verkühlt. Hast die Kälte in dich reingelassen. Heute bleibst du im Bett, und vorm Einschlafen reib ich dir Füße und Brust mit heißem Hammelschwanzfett ein. Dann schwitzt du, und wenn Gott will, springst du morgen wieder rum wie ein Wildesel.«

Momun dachte an den gestrigen Tag und daran, was ihn heute noch erwartete. Sein Gesichtsausdruck verfinsterte sich, während er noch auf dem Bett seines Enkels saß, er seufzte und geriet ins Grübeln. »Soll er doch seinen Spaß haben«, stieß er schließlich flüsternd hervor.

»Seit wann bist du denn krank? Warum hast du nichts gesagt?« Er wandte sich wieder dem Jungen zu. »Seit gestern abend?«

»Ja, am Abend. Als ich die Marale am Fluß gesehen habe. Da bin ich schnell zu dir gerannt. Und dann war mir kalt.«

Da sagte der Alte schuldbewußt und einen Grund dafür wird er schon gehabt haben: »Na gut... bleib im Bett. Ich geh jetzt.«

Er erhob sich, doch der Junge hielt ihn zurück:

»Ata, das war doch die Gehörnte Hirschmutter, stimmt's? Die so weiß wie Milch ist und solche Augen hat, mit denen sie schaut wie ein Mensch...«

»Komm, du kleiner Träumer.« Der alte Momun lächelte vorsichtig. »Also gut, wie du willst. Womöglich war sie's ja«, brachte er tonlos hervor. »Die sagenumwobene Hirschmutter, wer weiß? Ich glaub aber eher...«

Der Alte sprach nicht zu Ende. Die Großmutter stand in der Tür. Sie kam eilig von draußen herein und schien manches in Erfahrung gebracht zu haben.

»Los, Alter, geh schon«, sagte sie von der Tür aus. Großvater Momun senkte den Kopf und sah auf einmal erbärmlich und niedergeschlagen aus. »Die wollen den Stamm mit dem Lastwagen aus dem Fluß ziehen«, redete die Großmutter weiter. »Also los und mach jetzt alles, was man dir sagt... Um Himmels willen, die Milch kocht ja immer noch nicht!« fiel der Großmutter plötzlich ein, schürte das Feuer im Herd und klapperte mit dem Geschirr.

Der Alte sah finster drein. Er hätte gern etwas erwidert, doch die Alte ließ ihn nicht zu Wort kommen.

»Was starrst du noch!« rief sie empört. »Was sträubst du dich? Wir beide können es uns nicht leisten, uns zu widersetzen. Nur Ärger hat man mit dir! Wer bist du denn im Vergleich zu denen? Was da für Leute bei Oroskul vorgefahren sind! Und was die für einen Wagen haben. Mit dem kannst du zehn Stämme auf einmal über die Berge schleppen. Uns guckt Oroskul nicht mehr an. Wie ich auf ihn eingeredet, wie ich mich gedemütigt habe. Der läßt deine Tochter nicht mehr ins Haus. Die sitzt jetzt bei Sejdachmat, heult sich die Augen aus, deine gebärfaule Tochter, und verflucht dich, ihren vertrottelten Vater...«

»Jetzt reicht's.« Der alte Mann hielt es nicht mehr aus, drehte sich zur Tür und sagte noch: »Der Junge ist krank. Gib ihm heiße Milch.«

»Die geb ich ihm schon, die heiße Milch. Jetzt geh du endlich, in Gottes Namen.« Sie schob den Alten zur Tür hinaus und knurrte: »Was ist bloß in ihn gefahren? Hat nie widersprochen, war brav und artig, und jetzt sowas! Und dann noch auf Oroskuls Pferd zu springen und loszureiten. Und alles deinetwegen«, sie warf einen bösen Blick auf den Jungen. »Und dir zuliebe will er mit dem Kopf durch die Wand...«

Sie brachte dem Jungen die heiße Milch mit gelber zerlassener Butter darauf. Er verbrannte sich die Lippen, aber die Großmutter bestand darauf weiterzutrinken.

»Trink. So heiß wie möglich. Nur zu. Nur Heißes vertreibt die Erkältung.«

Der Junge verbrannte sich aufs neue, bis ihm die Tränen kamen. Da hatte die Großmutter ein Einsehen:

»Na gut, puste. Puste, daß sie ein bißchen abkühlt... Mußt du aber auch ausgerechnet jetzt krank werden!« seufzte sie.

Der Junge wollte schon längst mal hinaus. Er stand auf und spürte im ganzen Körper eine sonderbare süße Schwäche. Doch die Großmutter kam ihm zuvor:

»Warte mal, ich geb dir eine Schüssel.«

Verlegen wandte er sich ab und setzte den Strahl in die Schüssel. Es kam ihm seltsam vor, daß der Urin so gelb und warm war.

Jetzt war ihm viel besser. Der Kopf tat ihm auch nicht mehr so weh.

Er lag still da, dankbar für die Handreichungen der Großmutter, und dachte, daß er bis zum nächsten Morgen gesund sein müßte, um unbedingt wieder in die Schule gehen zu können. Außerdem überlegte er sich, wie er in der Schule von den drei Maralen erzählen würde, die hier im Wald aufgetaucht waren, daß die weiße Hirschkuh die Gehörnte Hirschmutter sei, und die hatte auch ein Kälbchen, das schon groß und stark war. Und ein mächtiger brauner Hirsch mit einem gewaltigen Geweih begleitete sie, der war stark und schützte die Gehörnte Hirschkuh und ihr Junges vor den Wölfen. In seiner Vorstellung erzählte er auch noch, daß die Marale bleiben und nicht mehr weggehen, dann wird die Gehörnte Hirschmutter dem Oroskul und der Tante Bekej schon bald eine Zauberwiege bringen.

Gegen Morgen begaben sich die Marale wieder ans Wasser. Sie traten aus dem oberen Wald heraus, als die Herbstsonne eben zur Hälfte über dem Bergrücken stand. Je höher die Sonne stieg, um so heller und wärmer wurde es unten zwischen den Bergen. Nach nächtlicher Starre erwachte auch der Wald zu neuem

Leben und war von Bewegung aus Licht und Farben erfüllt.

Die Marale schritten zwischen den Bäumen einher, sie ließen sich Zeit, wärmten sich auf den sonnigen Lichtungen, zupften da und dort ein betautes Blatt vom Zweig. Sie gingen wieder in derselben Reihenfolge: voran der Hirschbulle, in der Mitte das Kalb und zuletzt das Muttertier mit den schönen Flanken, die Gehörnte Hirschkuh. Die Marale benutzten den Pfad, auf dem Oroskul und Großvater Momun am Tag zuvor den unseligen Kiefernstamm zum Fluß geschleift hatten. Die Schleifspur im schwarzen Boden des Hochgebirges war noch frisch, eine Furche mit ausgerissenen Grasbüscheln. Der Pfad endete an der Furt, wo der Stamm zwischen Flußsteinen verkantet zurückgelassen worden war.

Die Marale gingen auf die Stelle zu, da sie sich als Tränke eignete. Oroskul, Sejdachmat und die beiden Männer, die wegen des Holzes gekommen waren, gingen auch dorthin, um herauszufinden, wo der Lastwagen herangefahren werden konnte, mit dessen Hilfe sie den Stamm mit einer Trosse aus dem Fluß ziehen wollten. Großvater Momun folgte ihnen unsicher und niedergeschlagen. Er wußte nicht, wie er sich nach dem gestrigen Aufruhr überhaupt noch verhalten, was er tun sollte. Würde Oroskul ihn zur Arbeit zulassen? Oder ihn wie gestern wegjagen, als er den Stamm mit dem Pferd herausziehen wollte. Und wenn er nun sagte: Was willst du denn noch hier?

Ich habe dir doch gesagt, du bist entlassen! Wenn er ihn vor den Leuten beschimpft und nach Hause schickt? Zweifel überkamen ihn, und er ging wie zur Folter, aber er ging. Die Großmutter folgte ihnen. Es sollte so aussehen, als gehöre sie nicht dazu oder allenfalls aus Neugier. In Wirklichkeit aber eskortierte sie den Alten. Sie trieb den allzeitbereiten Momun zur Versöhnung mit Oroskul, daß dieser ihm verzeihe.

Oroskul trat gewichtig auf, wie der Herr im Haus. Hin und wieder schnaufte er beim Gehen und warf strenge Blicke um sich. Und obwohl ihm vom Trinken der Schädel wehtat, empfand er die Lust der Rache. Er sah sich um, und es entging ihm nicht, daß Großvater Momun hinterhertrippelte wie ein geprügelter Hund. Das ist gar nichts. Ich werde noch ganz andere Saiten aufziehen. Jetzt sehe ich erstmal durch dich hindurch. Bist Luft für mich. Du wirst dich mir noch vor die Füße werfen. Voll grausamer Wonne dachte Oroskul daran, wie ihn letzte Nacht seine Frau unter gellenden Schreien angefleht hatte, als sie zu seinen Füßen lag und er sie trat, sie mit Fußtritten hinausjagte. Das macht gar nichts! Die da laß ich mit dem Stamm abfahren, und die beiden hetz ich aufeinander. Sollen die sich ruhig an die Kehle springen. Jetzt ist die so weit und kratzt ihrem Vater die Augen aus. Wild wie ein Tier ist die jetzt, eine Wölfin, dachte Oroskul, wenn er sich nicht mit dem Neuankömmling unterhielt, der neben ihm ging.

Der hieß Koketaj. Ein derber, schwarzhaariger Mann. Rechnungsführer in einer Kolchose unweit des Sees. Mit Oroskul verband ihn eine lange Freundschaft. Vor zwölf Jahren hatte Koketaj sich ein Haus gebaut. Oroskul stand ihm mit Bauholz bei, hatte ihm zum niedrigsten Preis Rundholz zum Zersägen verkauft. Dann hatte Koketaj seinen Ältesten verheiratet und den Jungvermählten ein Haus hingestellt. Wieder war es Oroskul, der ihm das Bauholz besorgte. Diesmal wollte Koketaj seinen Jüngsten auszahlen, und wieder wurde Holz für den Neubau gebraucht. Und wieder mußte der alte Freund Oroskul herhalten. Ein Jammer, wie schwer das Leben ist. Da tut man was und glaubt, jetzt hat man seine Ruhe. Doch dem Leben fällt immer wieder was Neues ein. Und ohne solche Leute wie Oroskul kommt man heutzutage einfach nicht über die Runden.

»So Gott will, laden wir dich bald zur Einweihung ein. Komm, und wir feiern ein feuchtfröhliches Fest«, sagte Koketaj zu Oroskul. Der schnaubte selbstgefällig und zog an seiner Zigarette.

»Danke. Wenn ich eingeladen werde, sag ich nicht nein. Werde ich nicht eingeladen, dräng ich mich nicht auf. Wenn du mich einlädst, komme ich. Wäre ja nicht das erste Mal. Weißt du, ich hab mir überlegt, ob du nicht lieber bis zum Abend bleibst und dann erst im Dunkeln fährst. Hauptsache, du kommst ungesehen an der Sowchose vorbei. Wenn die das nämlich spitzkriegen ...«

»Stimmt natürlich«, erwiderte Koketaj zögernd, »bis zum Abend ist es aber lang. Laß uns lieber heimlich wegfahren. Schließlich sind doch keine Kontrollposten mehr unterwegs. Das wär schon ein böser Zufall, wenn wir auf die Miliz oder auf sonst wen stoßen würden.«

»Das fehlte noch«, knurrte Oroskul und verzog das Gesicht vor Sodbrennen und Kopfschmerz. »Hundert Jahre fährt man in Geschäften über Land und trifft nicht einen Hund auf der Straße. Kaum aber hast du mal Holz dabei, schon schnappen sie dich. Ist immer so.«

Sie verstummten, und jeder hing seinen Gedanken nach. Inzwischen bedauerte Oroskul zutiefst, gestern den Stamm im Fluß zurückgelassen zu haben. Hätte der nämlich bereitgelegen, dann hätten sie ihn noch gestern abend aufladen können, und bei Morgengrauen wäre der Wagen über alle Berge gewesen. Aber das mußte ja gestern passieren. Alles nur wegen dem alten Trottel da, Momun, der aufbegehren, sich der Macht und Unterordnung widersetzen wollte. Na gut. Was geschehen ist, ist geschehen, doch das laß ich dir nicht so einfach durchgehen...

Die Marale tranken, als am anderen Ufer Menschen an den Fluß traten. Merkwürdige Geschöpfe diese Menschen. Laut und hektisch. So sehr mit sich und den Gesprächen befaßt, sahen sie die Tiere auf der anderen Seite des Flusses nicht.

Zwischen den in der Morgensonne rot leuchtenden

Flußweiden auf einem weißen Kiesstreifen unterhalb des Ufers standen die Marale bis zu den Fesseln im Wasser. Sie tranken in kleinen Schlucken, ohne Hast, mit Unterbrechungen. Das Wasser war eisig. Dafür wärmte die Sonne von oben immer mehr und angenehmer. Die Marale stillten ihren Durst und genossen die Sonne. Auf ihren Rücken verdunstete der unterwegs reichlich von den Zweigen gefallene Tau. Dampfwölkchen bildeten sich über ihnen. Ein ruhiger, wohliger Morgen.

Noch hatten die Menschen die Marale nicht entdeckt. Einer von ihnen ging zum Wagen zurück, die anderen blieben am Ufer stehen. Die Marale ließen ihre Ohren spielen, sie hörten die hin und wieder herüberdringenden Stimmen und erstarrten mit zuckendem Fell, als am anderen Ufer das Fahrzeug mit dem Anhänger heranfuhr. Der Lastwagen dröhnte und ratterte. Die Marale regten sich und wollten fliehen. Da blieb der Lastwagen jäh stehen und ratterte und dröhnte nicht mehr. Die Tiere hielten inne, gingen dann doch vorsichtig weiter, denn die Menschen am anderen Ufer sprachen zu laut und bewegten sich zu aufgeregt.

Unhörbar zogen die Marale über den Pfad zwischen den spärlichen Weiden davon, hin und wieder waren Rücken und Geweihe zwischen den Büschen zu sehen. Die Menschen aber bemerkten sie nicht. Erst als die Marale die freie Stelle mit dem trockenen Schwemmsand überquerten und klar zu erkennen waren, entdeckten die Menschen sie. Auf fliederfarbenem Sand, im grellen Sonnenlicht. Die Menschen erstarrten mit offenem Mund, jeder da, wo er gerade stand.

»Da!« stieß Sejdachmat hervor. »Hirsche! Wo kommen die denn her?«

»Was schreist du so! Das sind keine Hirsche, Marale sind das. Die haben wir gestern schon gesehen«, redete Oroskul geringschätzig. »Wo die her sind? Sind eben da und fertig.«

»Was für eine Pracht«, rief der derbe Koketaj und knöpfte sich den vor Erregung zu eng gewordenen Hemdkragen auf. »Wie glatt die sind«, schwärmte er, »sind wirklich sattgefressen...«

»Seht euch doch bloß die Hirschkuh an, wie sie schreitet«, rief der Fahrer mit aufgerissenen Augen.

»Himmel, wie eine zweijährige Stute. Das seh ich zum ersten Mal.«

»Na, und der Hirsch? Sieh dir das Geweih an! Wie er das trägt. Und haben vor nichts Angst. Wo kommen die her, Oroskul?« Koketaj mit seinen lüstern blinkenden Schweinsäuglein ließ nicht locker.

»Wohl aus einem anderen Naturschutzgebiet«, erwiderte Oroskul wichtig, in dem Gefühl, Herr zu sein. »Sind übern Paß gekommen, von da drüben. Vor nichts Angst, sagst du? Vor wem sollen die Angst haben, wenn keiner sie aufschreckt?«

»Jetzt eine Flinte«, entfuhr es Sejdachmat. »Zwei Zentner Fleisch wären das, wie?«

Momun, der bisher bescheiden abseits gestanden hatte, hielt es nicht mehr aus:

»Aber, Sejdachmat, die dürfen doch nicht gejagt werden«, rief er leise.

Oroskul warf dem alten Mann einen vernichtenden Blick zu. Wenn du noch mal das Maul aufmachst! dachte er haßerfüllt. Am liebsten hätte er Momun so zurechtgestutzt, daß ihm die Luft ausgeblieben wäre, er nahm sich aber zusammen. Schließlich waren noch Leute da.

»Solche Belehrungen sind hier unangebracht«, stieß er zwischen den Zähnen hervor, ohne ihn anzusehen. »Der Abschuß ist da verboten, wo die Tiere vorkommen. Bei uns kommen sie nicht vor. Wir sind nicht für sie verantwortlich. Ist das klar?« Jetzt schaute er den fassungslosen Alten drohend an.

»Ist klar«, antwortete Momun ergeben und trat mit hängendem Kopf zur Seite.

Da zupfte ihn die Großmutter nochmals verstohlen am Ärmel.

»Hättest du bloß den Mund gehalten«, zischte sie. Für eine Weile herrschte betretenes Schweigen. Sie sahen den Tieren hinterher, die sich über den steilen Pfad entfernten. Die Marale erklommen den Hang dicht hintereinander. Der stolz an seinem mächtigen Geweih tragende braune Hirsch voran. Hinter ihm das noch hornlose Kalb, und den Abschluß dieser Prozession bildete die Gehörnte Hirschkuh. Vor dem

Hintergrund des hellen Lehmhanges nahmen sich die Marale scharf konturiert und graziös aus. Jede Bewegung, jeder Schritt, den sie taten, waren zu verfolgen.

»Ach sind die schön!« Der Fahrer, ein glotzäugiger, wie es schien, ein friedfertiger Kerl, konnte vor Begeisterung nicht mehr an sich halten. »Wie schade, daß ich meinen Fotoapparat nicht bei mir habe. Das wären Bilder geworden...«

»Schluß jetzt mit der Schönheit!« unterbrach Oroskul ihn mürrisch. »Genug rumgestanden. Von Schönheit wirst du nicht satt. Fahr jetzt den Wagen rückwärts ans Ufer, damit wir so rankommen. Und du, Sejdachmat, ziehst dir die Stiefel aus«, ordnete er im Vollgefühl seiner Macht an. »Und du auch«, befahl er dem Fahrer. »Und ihr beide macht die Trosse an dem Stamm fest. Macht voran. Es gibt noch mehr zu tun.«

Sejdachmat hatte Mühe, aus seinen Stiefeln zu kommen, die waren ihm zu eng.

»Was guckst du, hilf ihm!« Die Großmutter gab Momun einen von niemandem bemerkten Stoß. »Zieh dir auch die Stiefel aus, du gehst auch ins Wasser«, flüsterte sie aufgebracht.

Großvater Momun war augenblicklich zur Stelle, zog Sejdachmat die Stiefel aus und dann die seinen. Unterdessen winkten Oroskul und Koketaj den Wagen ein.

»Los, weiter hier rüber.«

»Ein bißchen weiter links, nach links, Mann. Gut so.«

»Noch ein bißchen.«

Als die Marale den ungewohnten Motorenlärm hörten, beschleunigten sie ihren Schritt. Sie blickten sich ein letztes Mal furchtsam um, sprangen die Anhöhe hinauf und verschwanden zwischen den Birken.

»Ach, weg sind sie?« rief, sich ihrer erinnernd, Koketaj bedauernd, als wäre ihm eine sicher geglaubte Beute entgangen.

»Macht nichts. Die laufen uns schon nicht weg!« prahlte Oroskul, der seine Gedanken erraten hatte und damit recht zufrieden war. »Vor heut abend laß ich dich nicht weg. Sollst mein Gast sein. Der liebe Gott will es so. Ich werde dich kräftig bewirten.« Wiehernd klopfte er dem Kumpel auf die Schulter. Manchmal konnte Oroskul auch fröhlich sein.

»Wenn du meinst. Dann muß ich mich wohl fügen. Du bist hier der Herr und ich der Gast.« Der urwüchsige Koketaj gab sich geschlagen und entblößte lachend die großen gelben Zähne.

Der Lastwagen stand jetzt am Ufer, die Hinterräder zur Hälfte im Wasser. Weiter hineinzufahren hatte der Fahrer nicht gewagt. Jetzt hieß es, das Seil zum Stamm tragen. Wenn es lang genug war, würde es nicht besonders schwierig sein, den Stamm freizubekommen.

Das Stahlseil war lang und schwer. Man mußte es

durchs Wasser schleppen, um an den Stamm heranzukommen. Der Fahrer zog nur unwillig die Stiefel aus und schielte zum Wasser hinüber. Er war immer noch unschlüssig, ob er nun mit Stiefeln in den Fluß sollte oder doch lieber ohne. Besser barfuß, dachte er, das Wasser kommt sowieso über den Schaft rein. Ist ja tief hier, bis zur Hüfte. Und dann den ganzen Tag in nassen Stiefeln rumlaufen. Aber er malte sich auch aus, wie kalt das Wasser hier im Fluß sein mußte. Das machte sich Großvater Momun zunutze.

»Laß nur, mein Junge«, sagte er und sprang auf ihn zu. »Sejdachmat und ich, wir machen das schon.«

»Aber nicht doch, Graubart«, entgegnete der Fahrer verlegen.

»Du bist Gast, und wir sind von hier. Setz du dich ans Steuer.« Großvater Momun hatte den Fahrer überredet.

Nachdem sie einen Pfahl durch die Seiltrommel geschoben hatten und als sie die durchs Wasser schleppten, heulte Sejdachmat schrill auf:

»Au weh, das ist ja Eis und kein Wasser!«

Oroskul und Koketaj lachten herablassend und munterten ihn auf:

»Das hältst du schon aus. Nachher finden wir was zum Aufwärmen!«

Großvater Momun sagte kein Wort. Er spürte nicht mal das eisige Wasser. Er zog den Kopf ein, um weniger aufzufallen, balancierte über die rutschigen Steine und flehte zu Gott, Oroskul möge ihn nicht zurückschicken, verjagen oder vor allen abkanzeln. Daß er ihm verzeihe, ihm, dem törichten, unglückseligen alten Mann...

Oroskul sagte nichts, er schien die Eilfertigkeit des Alten nicht zu bemerken, denn ein menschliches Wesen war das für ihn schon lange nicht mehr. Innerlich aber triumphierte er, daß er den rebellischen Alten gebrochen hatte. Na also, Oroskul lachte böse in sich hinein, kriecht doch noch zu Kreuze und mir vor die Füße. Ich habe leider nicht genug Macht, sonst würden noch ganz andere vor mir im Staub kriechen! Die sollten mir nur eine Kolchose oder Sowchose überlassen. Ich hätte schnell Ordnung geschafft. Lassen die Zügel schießen. Und jammern: Da wird ein Vorsitzender nicht gebührend geachtet, dort ein Direktor nicht respektiert. Jeder hergelaufene Hirte redet mit der Obrigkeit wie mit seinesgleichen. Diese Trottel, unwürdig, Macht auszuüben! Müssen die so mit sich umspringen lassen? Es hat schon andere Zeiten gegeben, da rollten die Köpfe, und keiner hat aufgemuckt. Das waren noch Zeiten. Und heute? Trauriger als ein Jammerlappen, aber mitreden will er. Na also, kriech du nur, bis ich dich wieder antreten lasse, dachte Oroskul in seiner grimmigen Freude und sah dann und wann zu Momun hinüber.

Der schlurfte durchs eisige Wasser, krümmte sich und zog mit Sejdachmat die Trosse. Ihm genügte schon, daß Oroskul ihm offensichtlich verziehen hatte. Du, verzeih mir doch, mir altem Mann, daß es so gekommen ist, redete er in Gedanken mit Oroskul. Ich hab es gestern nicht mehr ausgehalten. Mußte doch zur Schule reiten und den Jungen abholen. Der ist so allein, er tut mir so leid. Heute ist er nicht zur Schule. Ist ein bißchen krank. Vergiß es und vergib. Bist für mich doch auch kein Fremder. Ober glaubst du, ich wünsch dir und meiner Tochter kein Glück? Wenn Gott mich den Schrei eines Neugeborenen hören ließe, eures Kindes, eines Kindes meiner Tochter, ich rührte mich nicht mehr vom Fleck, und wenn er meine Seele gleich zu sich nähme. Vor Glück weinen würde ich, das schwör ich dir. Kränk doch meine Tochter nicht mehr so, und verzeih mir. Arbeiten kann ich, solange ich auf beiden Beinen steh. Alles mach ich. Brauchst es nur zu sagen …

Abseits am Ufer gestikulierte die Großmutter und sagte mit Zeichen und ihrer ganzen Haltung: Gib dir Mühe, Alter! Siehst doch, daß er dir verzeiht. Mach, was ich dir sage, und alles wird wieder gut.

Der Junge schlief. Einmal nur wachte er auf, als irgendwo ein Schuß krachte. Er schlief gleich wieder ein. Erschöpft von der Schlaflosigkeit und Krankheit des gestrigen Tages schlief er heute tief und fest. Im Schlaf spürte er, wie angenehm es war, im Bett zu liegen, sich ungehindert ausstrecken zu können, kein Fieber, keinen Schüttelfrost mehr zu haben. Er hätte noch viel länger geschlafen, wenn Großmutter und Tante Bekej nicht gekommen wären. Sie gaben sich zwar Mühe, leise zu sprechen, klapperten aber mit dem Geschirr, und er wachte auf.

»Hier nimm die Wanne. Und die Schüssel nimm auch gleich mit«, flüsterte eifrig die Großmutter im vorderen Zimmer. »Ich nehm Eimer und Sieb. Au, mein Kreuz! Vom vielen Bücken. Wir haben schon eine Menge geschafft. Gott sei Dank, ich bin ja so froh.«

»Und ich erst. Froh ist gar kein Ausdruck, Mutter. Gestern wär ich noch am liebsten gestorben. Wenn Güldschamal nicht gewesen wäre, hätte ich mir was angetan.«

»Red nicht«, wies die Großmutter sie zurecht. »Hast du den Pfeffer? Dann los. Eine Gabe des Himmels, von Gott selbst gesandt zu eurer Versöhnung. Jetzt aber los, beeil dich.«

Als sie aus dem Haus traten, erkundigte sich Tante Bekej noch in der Tür bei der Großmutter nach dem Jungen: »Schläft er immer noch?«

»Laß ihn. Wenn alles gar ist, bringen wir ihm heiße Suppe rüber.«

Der Junge konnte nicht mehr einschlafen. Vom Hof waren Schritte und Stimmen zu hören. Tante Bekej lachte, Güldschamal und die Großmutter lachten zurück. Auch unbekannte Stimmen hörte er. Das sind bestimmt die von heut nacht, beschloß er. Sind also immer noch nicht weg. Bloß Großvater Momun war nirgends zu hören und zu sehen. Wo steckte er nur, und was machte er wohl gerade?

Der Junge lauschte auf die Stimmen draußen und wartete auf den Großvater. Er hätte so gern mit ihm über die Marale geredet, die er gestern gesehen hatte. Bald ist Winter. Da mußte man ihnen mehr Heu in den Wald bringen. Damit sie was zu fressen hatten. Das beste wäre, man würde sie so an Menschen gewöhnen, daß sie keine Angst mehr hatten und über den Fluß auf den Hof kämen. Hier müßte man ihnen dann etwas geben, was sie am liebsten haben. Was die wohl am liebsten aßen? Das Maralkälbchen müßte lernen zu fressen. Das wäre fein. Dann könnte es vielleicht mit zur Schule...

Der Junge wartete auf den Großvater, doch der erschien nicht. Dafür kam plötzlich Sejdachmat. Was für ein zufriedenes Gesicht der macht. Gut gelaunt scheint er zu sein. Schwankt und lächelt ihn sich hinein. Als er näherkam, stieg dem Jungen Alkoholdunst in die Nase. Diesen üblen scharfen Geruch konnte er nicht ausstehen. Es erinnerte ihn an Oroskul und seinen Säuferstarrsinn, an Großvaters und Tante Bekejs Qualen. Im Gegensatz zu Oroskul war Sejdachmat, wenn er getrunken hatte, lustig und fröhlich und einfältig, obwohl er sich auch nüchtern nicht durch besondere Intelligenz auszeichnete.

Bei ähnlicher Gelegenheit hatte sich zwischen Großvater Momun und ihm einmal folgendes Gespräch ergeben:

»Was grinst du so dumm, Sejdachmat? Hast dich betrunken?«

»Graubart, ich mag dich so sehr! Ehrenwort, Graubart, bist wie ein leiblicher Vater für mich.«

»O Junge, und das in deinem Alter! Da steuern andere schwere Wagen, und du hast nicht mal mehr deine Zunge im Zaum. Wenn ich so alt wäre wie du, würde ich zumindest noch auf den Traktor steigen.«

»Weißt du, Graubart, mein Hauptmann in der Armee hat immer zu mir gesagt, daß ich dafür nicht tauge. Dafür war ich bei der Infanterie, Graubart. Und ohne Infanterie gibt's kein Hü und kein Hott...«

»Infanterie! Ein Faulpelz bist du und kein Infanterist. Und dann so eine Frau... Wo hat Gott bloß seine Augen gehabt. Hundert solche wie du wiegen nicht eine einzige Güldschamal auf.«

»Dafür sind wir ja auch hier im Wald, Graubart. Ich und sie, von beiden nur einer.«

»Was soll man mit dir lange reden. Gesund wie ein Stier und im Kopf kein Verstand«, sagte Momun und winkte mutlos ab.

»Muuuuuh«, brüllte Sejdachmat lachend hinterher.

Dann hatte er sich mitten im Hof aufgepflanzt und dieses sonderbare, irgendwo aufgeschnappte Lied gesungen:

Da komm' ich herab von den roten Bergen
und reit' meinen Hengst, den roten.
Heda, mach's Tor auf, roter Kaufmann,
und laß uns trinken vom roten Wein!

Da komm' ich herab von den braunen Bergen
und reit' meinen Stier, den braunen.
Heda, mach's Tor auf, brauner Kaufmann,
und laß uns trinken vom braunen Wein!

So konnte das endlos weitergehen, denn bald kam er auf einem Kamel, einem Hahn, auf einer Maus oder auf einer Schildkröte von den Bergen geritten, eben auf allem, was sich fortbewegt. Betrunken gefiel Sejdachmat dem Jungen sogar besser als nüchtern.

Als nun Sejdachmat angeheitert ins Haus kam, lächelte der Junge ihm entgegen.

»Ach!« rief Sejdachmat erstaunt. »Und ich hab gehört, du bist krank. Du bist ja gar nicht krank. Warum rennst du nicht auf dem Hof rum? So geht das nicht.« Er hechtete zu dem Jungen aufs Bett und setzte ihm mit Kitzeln und Küssen zu. Er verbreitete seinen Schnapsatem und den Geruch von frischem, rohem Fleisch, der seinen Armen und seiner Kleidung zu entströmen schien. Seine rauhen stoppligen Wangen brannten dem Jungen im Gesicht.

»Das reicht, Onkel Sejdachmat«, bettelte er. »Sag lieber, wo Großvater ist, hast du ihn nicht gesehen?«

»Dein Großvater ist da drüben, na du weißt ja

schon«, mit den Händen beschrieb Sejdachmat eine unbestimmte Luftfigur. »Wir haben den … den Stamm haben wir aus dem Wasser gezogen. Und zum Aufwärmen einen gebechert. Und jetzt … na, du weißt ja … macht er das Fleisch fertig. Steh mal lieber auf. Los, zieh dich an und komm mit. So geht das doch nicht. Wir sind alle da drüben, und du bist hier allein.«

»Großvater hat aber gesagt, ich soll nicht aufstehen«, widersprach der Junge.

»Hör doch auf. Hat gesagt. Komm, schau dir's an. So was gibt's nicht alle Tage. Heut ist ein Festmahl angesagt, wir machen Fettlebe! Komm, steh auf.«

In seiner trunkenen Unbeholfenheit machte er auch noch Anstalten, den Jungen anzuziehen.

»Mach ich selbst«, der Junge versuchte ihn davon abzuhalten und merkte sofort, wie ihm wieder schwindlig wurde.

Sejdachmat in seinem Rausch aber hörte nicht auf ihn. Er glaubte, etwas Gutes zu tun, weil der Kleine hier alleine lag, und das an einem Tag, an dem ein Gelage stattfinden sollte …

Schwankend ging der Junge mit Sejdachmat aus dem Haus. Es war ein windiger Tag in den Bergen, und die Wolkendecke riß immer wieder auf. Wolken jagten am Himmel entlang. Während der Junge über die Veranda ging, schlug das Wetter zweimal um, von unerträglich blendender Sonne in bedrückende Finsternis. Der Junge spürte, wie ihm der Kopf davon weh tat. Ein Windstoß schlug ihm Rauch von offenem Feuer ins Gesicht. Das biß in den Augen. Heute ist wahrscheinlich große Wäsche, dachte der Junge, denn offenes Feuer im Hof gab's gewöhnlich nur am Wäschetag, wenn das Wasser im großen schwarzen Kessel gleich für alle drei Häuser heiß gemacht wurde. Den Kessel konnte man allein nicht heben. Tante Bekej und Güldschamal hoben ihn immer zu zweit.

Der Junge mochte große Wäsche. Erstens, weil es offenes Feuer gab, damit konnte er herumspielen, was im Hause nicht ging. Zweitens machte es Spaß, die Wäsche zum Trocknen aufzuhängen. Die weißen, blauen und roten Stoffe an der Leine machten den Hof gleich viel schöner. Der Junge schlich auch gern an die Wäsche heran, die an der Leine hing, und hielt seine Wange an feuchtes Tuch.

Diesmal war nirgendwo Wäsche zu sehen. Doch brannte ein starkes Feuer unter dem Kessel. Dampf quoll in dichten Schwaden aus dem randvoll mit großen Fleischbatzen gefüllten Kessel hervor. Das Fleisch war gar. Der Duft von gekochtem Fleisch und offenem Feuer kitzelte so sehr, daß ihm das Wasser im Mund zusammenlief. Tante Bekej hatte ihr neues rotes Kleid und neue Chromlederstiefel an und ihr Rosentuch um die Schultern gelegt, sie stand übers Feuer gebeugt und schöpfte Schaum ab, während Großvater Momun auf Knien neben ihr hockte und die brennenden Scheite umdrehte.

»Da ist dein Großvater«, sagte Sejdachmat. »Komm.« Er stimmte wieder sein Lied an:

Da komm' ich herab von den roten Bergen
und reit' meinen Hengst, den roten –

als Oroskul sich mit frisch rasiertem Schädel aus dem Schuppen lehnte, das Beil in der Hand und die Hemdsärmel aufgekrempelt.

»Wo bleibst du denn?« rief er drohend zu Sejdachmat hinüber. »Sollen unsere Gäste Holz hacken«, dabei machte er eine Kopfbewegung zum Fahrer am Hauklotz hinüber, »während du Liedchen singst?«

»Keine Aufregung, das haben wir gleich«, beschwichtigte ihn Sejdachmat und ging auf den Fahrer zu. »Laß mich mal, Bruder.«

Inzwischen war der Junge näher auf seinen Großvater zugegangen, der immer noch auf Knien vor dem Feuer hockte. Er trat von hinten an ihn heran.

»Ata«, sagte er.

Sein Großvater hatte ihn nicht gehört.

»Ata«, sagte der Junge noch einmal und berührte ihn an der Schulter.

Der Alte sah sich um, und der Junge erkannte ihn nicht wieder. Der Großvater war auch betrunken. Der Junge konnte sich nicht daran erinnern, seinen Großvater jemals auch nur angetrunken gesehen zu haben. Allenfalls bei den Totenfeiern für die Alten vom Issyk-Kul, wenn allen Wodka eingeschenkt wurde, selbst den Frauen. Aber einfach so einen Rausch, das hatte es bei Großvater noch nie gegeben.

Der Alte sah den Jungen mit einem merkwürdig wilden Blick wie aus weiter Ferne an. Sein Gesicht glühte und war gerötet und wurde, als er seinen Enkel erkannte, tiefrot. Im nächsten Moment aber war alles Blut aus ihm gewichen. Der Großvater sah zu, daß er auf die Beine kam.

»Was willst du hier, he?« brachte er mit tonloser Stimme hervor und drückte den Jungen an sich. »Was ist? Ist was?« Außer diesen Worten brachte er nichts hervor, als habe er die Sprache verloren.

Seine Erregung übertrug sich auf den Jungen.

»Bist du krank, Ata?« fragte er besorgt.

»Ich? Nein. Ich hab, du weißt schon...«, murmelte Großvater Momun. »Geh mal. Lauf ein bißchen rum. Ich bin hier mit dem Holz zugange, weißt du doch...«

Fast stieß er den Enkel von sich, und als wolle er sich von aller Welt abwenden, kehrte er sich wieder der Feuersglut zu. Wieder kauerte er davor und sah sich nicht mehr um, sah nirgendwo hin, war nur mit sich und dem Feuer beschäftigt. Der alte Mann sah auch nicht, wie sein Enkel zunächst unschlüssig dastand, dann über den Hof trottete zu Sejdachmat, der immer noch Holz hackte.

Der Junge begriff nicht, was mit seinem Großvater geschehen war und was sich auf dem Hof abspielte. Erst als er zum Schuppen kam, fiel ihm der Haufen roten, frischen Fleisches auf, aufgetürmt auf einer Tierhaut, die mit dem Fell nach unten auf dem Erdboden lag. An den Rändern lief in Rinnsalen Blut ab. Etwas abseits, wo man die Innereien hingeworfen hatte, zerrte der Hund knurrend an Eingeweiden herum. Neben dem Fleischhaufen hockte, einem Lehmklumpen gleich, ein Unbekannter, massig und mit dunkler Gesichtsfarbe. Das war Koketaj. Er und Oroskul zerteilten mit Messern das Fleisch. Ohne sich sonderlich zu beeilen, warfen sie Knochen und Fleisch, das sie sich zurechtgeschnitten hatten, zu verschiedenen Haufen auf die ausgebreitete Tierhaut.

»Ein wahres Vergnügen! Und wie das duftet!« brummte der schwarze quadratische Kerl, als er sich schnuppernd über das Fleisch beugte.

»Nimm dir nur mehr. Und wirf es auf deinen Haufen«, bot ihm Oroskul großzügig an. »Das hat uns Gott aus seiner eigenen Herde geschickt, zum Tag deiner Ankunft. Das kommt nicht alle Tage vor.«

Oroskul mußte verschnaufen, hin und wieder aufstehen und sich über den strammen Wanst streichen, als hätte er sich bereits überfressen. Man sah gleich, daß er auch einen kräftigen Schluck aus der Flasche genommen hatte. Er stieß auf, warf den Kopf hoch, um Atem zu holen. Sein Gesicht, fleischig wie ein Kuheuter, glänzte satt und selbstgefällig.

Der Junge prallte zurück, es wurde ihm kalt, als er an der Schuppenwand den Maralkopf mit Geweih sah. Abgehackt lag er im Sand, der mit dunklem, geronnenem Blut getränkt war. Wie eine Baumwurzel am Wegrand. Daneben lagen die vier Läufe, an den Kniegelenken abgehackt.

Der Junge schaute entsetzt auf dieses Bild des Schreckens. Er traute seinen Augen nicht. Vor ihm lag der Kopf der Gehörnten Hirschkuh. Er wollte weglaufen, doch seine Beine gehorchten ihm nicht. Er stand da und starrte auf den entstellten, leblosen Kopf der weißen Hirschkuh. Die gestern noch die Gehörnte Hirschkuh gewesen war, die ihn gestern noch vom anderen Ufer her mit ihren guten Augen so aufmerksam gemustert hatte, mit der er sich in Gedanken unterhalten hatte und die er beschworen hatte, die Wiege mit dem Glöckchen zu bringen. Im Geweih aufgehängt. Das war jetzt alles nur noch ein formloser Haufen von Fleisch, ein abgerissener Tierbalg, abgehackte Beine und ein weggeworfener Kopf.

Er hätte längst gehen müssen, aber er stand da, versteinert, begriff nicht, wie und warum das alles geschehen war. Der schwarze bullige Kerl, mit dem Oroskul das Fleisch zerteilte, spießte mit seinem Messer in dem Haufen eine Niere auf und hielt sie dem Jungen hin.

»Hier, Kleiner. Die kannst du dir in der Glut bakken. Ist was Feines.«

Der Junge rührte sich nicht.

»Nimm schon!« befahl Oroskul.

Teilnahmslos streckte der Junge die Hand aus und stand da, mit der noch warmen, zarten Niere der Gehörnten Hirschkuh in der kalten Hand. Oroskul hatte den Kopf der weißen Hirschkuh am Geweih hochgehoben.

»Wie schwer der ist!« Er wog ihn in der Hand. »Das Geweih allein wiegt ja schon wer weiß wieviel.«

Er legte den Kopf mit der Seite auf den Hauklotz, griff nach dem Beil und machte sich daran, das Geweih vom Schädel zu trennen.

»Was für ein Geweih!« redete er vor sich hin und trieb die Klinge in den Geweihansatz, daß es knirschte. »Das ist für deinen Großvater«, sagte er und zwinkerte dem Jungen zu. »Wenn der stirbt, kriegt er das Geweih aufs Grab gestellt. Da sage noch einer, wir würden ihn nicht genügend achten. Mehr noch! So einem Luxusgeweih zuliebe lohnt es sich, gleich jetzt das Zeitliche zu segnen!« brüllte er vor Lachen und ließ das Beil niedersausen.

Das Geweih lockerte sich nicht. Es war gar nicht so einfach, es abzuschlagen. Oroskul in seiner Trunkenheit traf außerdem nicht richtig, und das machte ihn wütend. Der Kopf kippte vom Hauklotz. Oroskul hackte am Boden auf ihn ein. Der Kopf sprang davon, und so rannte er ihm mit dem Beil hinterher.

Der Junge zuckte bei jedem Schlag zusammen und wich unwillkürlich ein paar Schritte zurück, konnte sich jedoch nicht überwinden wegzugehen. Wie im Alptraum wurde er von einer unheimlichen und unbegreiflichen Macht festgehalten, er stand und wunderte sich, daß die glasigen, starren Augen der

Gehörnten Hirschkuh nicht durch die Beilhiebe beunruhigt wurden. Sie zuckten, blinzelten nicht vor Angst. Nun war der Kopf schon so lange in Dreck und Sand herumgerollt, aber die Augen waren rein geblieben und schienen noch immer mit derselben stummen, starren Verwunderung in die Welt zu blikken wie zu dem Zeitpunkt, als der Tod sie ereilt hatte. Der Junge fürchtete, der betrunkene Oroskul könne die Augen treffen.

Das Geweih war nicht zu lockern. Oroskul verlor zusehends die Fassung, tobte und drosch auf den Schädel ein, mit dem Beilrücken, mit der Klinge, wie es gerade kam.

»So zertrümmerst du das Geweih doch nur. Gib mal her«, sagte Sejdachmat und trat hinzu.

»Weg da! Das mach ich selbst! Es müßte schon mit allen Teufeln zugehen!« krächzte Oroskul und holte wieder aus.

»Na denn!« Sejdachmat spuckte aus und steuerte auf sein Haus zu.

Der vierschrötige Kerl mit den schwarzen Stoppeln ging ihm nach. Seinen Fleischanteil schleppte er in einem Sack fort.

Im trunkenen Starrsinn hackte Oroskul hinterm Schuppen immer noch auf den Kopf der Gehörnten Hirschkuh ein. Man hätte meinen können, hier werde langersehnte Rache vollzogen.

»Miserables Aas!« Geifernd bearbeitete er den Kopf mit dem Stiefel und redete, als könne er noch hören. »Gelacht wäre das!« Wieder hagelte es Beilhiebe. »Ich wäre nicht ich, wenn ich dich nicht kleinbekäme. Da nimm! Und das!« Und so schlug er besessen drauflos.

Der Schädel zersprang, die Splitter flogen nach allen Seiten.

Der Junge schrie auf, als das Beil unversehens quer in ein Auge schnitt. Aus dem klaffenden Augapfel trat eine dunkle, gallertartige Flüssigkeit. Das Auge war tot. Ausgelaufen. Leer...

»Ich kriege noch ganz andere Köpfe klein! Und ich breche noch ganz andere Hörner ab!« grölte Oroskul tobsüchtig und voller Haß auf diesen unschuldigen Kopf.

Endlich hatte er den Schädel am Scheitelbein und an der Stirn aufgebrochen. Er warf das Beil beiseite, griff mit beiden Händen ins Geweih, stemmte den Kopf mit einem Fuß gegen die Erde und drehte dann mit brutaler Gewalt das Geweih heraus. Er zerrte es los, und es gab ein Geräusch, als risse man eine Wurzel aus. Und das war nun das Geweih, in dem nach inständigem Flehen des Jungen die Gehörnte Hirschmutter Oroskul und Tante Bekej eine Wiege bringen sollte...

Dem Jungen wurde übel. Er drehte sich um, ließ die Niere fallen und ging davon. Er fürchtete hinzufallen oder sich vor aller Augen zu übergeben. Er war blaß. Kalter, klebriger Schweiß stand ihm auf der Stirn, er ging an der Feuerstelle vorbei, wo das Feuer immer noch wie wild loderte und heißer Dampf aus dem Kessel quoll und wo, allen den Rücken zugekehrt und das Gesicht zur Glut, immer noch der unglückliche Großvater Momun saß. Der Junge wollte ihn nicht stören. Er wollte schnell ins Bett und die Decke über den Kopf ziehen. Nichts sehen, nichts hören. Vergessen.

Da kam ihm Tante Bekej entgegengelaufen. Sie hatte sich geschmacklos herausstaffiert, trug aber die blauroten Spuren von Oroskuls Schlägen im Gesicht. Mager und von unnatürlicher Fröhlichkeit, kümmerte sie sich heute eifrig um das Fleischgelage.

»Was ist mit dir?« fragte sie den Jungen.

»Ich habe Kopfweh.«

»Ach, mein Kleiner ist ja krank«, sagte sie in einer plötzlichen Anwandlung von Zärtlichkeit und überschüttete den Jungen mit Küssen.

Sie war betrunken. Stank auch widerlich nach Wodka.

»Hast du Kopfweh«, lispelte sie gerührt. »Mein Herzbübchen! Du willst sicher was essen?«

»Nein. Hinlegen will ich mich.«

»Na gut, dann gehen wir, sofort, und ich bring dich zu Bett. Was machst du bloß, wenn du da so mutterseelenallein rumliegst? Die sind doch alle bei uns. Die Gäste und die Unseren. Außerdem ist das Fleisch schon gar.« Und sie zog ihn mit sich fort.

Als sie wieder am Feuer vorbeikamen, tauchte Oroskul hinter dem Schuppen auf, verschwitzt und rot angelaufen wie ein entzündeter Euter. In Siegerpose schleuderte er das eigenhändig herausgehackte Maralgeweih vor Großvater Momun hin. Der Alte erhob sich.

Oroskul würdigte ihn keines Blickes, griff nach dem Wassereimer, setzte ihn an, trank und ließ das Wasser an sich herablaufen.

»Jetzt kannst du sterben«, sagte er zwischen zwei gierigen Zügen.

Der Junge hörte, wie der Alte stammelte:

»Dank dir, mein Sohn. Danke. Jetzt kann auch der Tod mich nicht mehr erschrecken. Wo mir so eine Ehre erwiesen und Achtung entgegengebracht wird...«

»Ich geh«, sagte der Junge, der sich ganz schwach fühlte.

Tante Bekej wollte nichts wissen davon.

»Nichts da. So ganz alleine.« Und so schleppte sie ihn fast gewaltsam zu sich ins Haus, legte ihn auf ein Bett in der Ecke.

In Oroskuls Haus war alles für das Festmahl bereit. Gekocht, gebraten, angerichtet. Die Großmutter und Güldschamal waren emsig bei den Vorbereitungen. Tante Bekej lief zwischen Haus und Feuerstelle hin und her. In Erwartung einer großartigen Mahlzeit labten Oroskul und der vierschrötige schwarze Koketaj sich an einem Täßchen Tee, halb hingestreckt auf geblümten Decken, die Ellenbogen auf Kissen. Sie schwadronierten wichtigtuerisch und kamen sich wie

Fürsten vor. Sejdachmat machte den Mundschenk und goß Tee nach.

Der Junge lag still in der Ecke, starr und angespannt. Wieder schüttelte ihn das Fieber. Er wollte aufstehen und gehen, doch er fürchtete, sich übergeben zu müssen, sobald er das Bett verließe. So hielt er den Kloß im Hals krampfhaft zurück. Ängstlich vermied er jede Bewegung.

Wenig später riefen die Frauen Sejdachmat auf den Hof. Er kam mit einem Berg dampfenden Fleisches in einer riesigen Emailleschüssel. Er hatte schwer an seiner Last zu tragen und stellte sie vor Oroskul und Koketaj ab. Nach ihm trugen die Frauen noch verschiedene andere Speisen auf.

Alle nahmen ihre Plätze ein, hielten Messer und Teller bereit. Sejdachmat füllte die Wodkagläser.

»Ich mach heute den Wodka-Ältesten«, gackerte er und wies mit einem Kopfnicken auf die Flaschen in der Ecke.

Als letzter kam Großvater Momun herein. Der Alte machte heute eine absolut seltsamen Eindruck, jämmerlicher als sonst. Er wollte sich irgendwo am Rand hinsetzen, doch der stämmige schwarze Koketaj bat ihn großzügig, sich neben ihn zu sehen.

»Kommen Sie zu uns, Graubart!«

»Danke, wir sind hier doch zu Hause.« Großvater Momun versuchte abzulehnen.

»Trotzdem sind Sie der Älteste«, beharrte Koketaj und ließ ihn zwischen sich und Sejdachmat Platz nehmen. »Trinken wir auf Ihren großen Erfolg. Sie sollen als erster das Wort haben.«

Großvater Momun räusperte sich verlegen.

»Auf den Frieden in diesem Hause«, brachte er gequält hervor, »und wo Frieden ist, da ist auch Glück, meine Kinder.«

»Sehr richtig! Richtig!« stimmten alle zu und leerten ihre Gläser.

»Na und Sie selbst? So geht das ja nun nicht! Da wünschen Sie Ihrem Schwiegersohn und Ihrer Tochter Glück und trinken wollen Sie nicht«, gab Koketaj dem verlegenen Großvater vorwurfsvoll zu verstehen.

»Na, wenn es ums Glück geht, da werde ich wohl müssen«, überwand sich der Alte.

Zum Erstaunen aller leerte er ein fast volles Glas Wodka mit einem Zug und schüttelte benommen den alten Kopf.

»Das gibt's doch nicht!«

»Unserm Alten kann keiner das Wasser reichen!«

»Ein Prachtkerl, euer Großvater!«

Alle lachten, alle waren zufrieden, alle lobten Großvater Momun.

Es wurde heiß und stickig im Haus. Der Junge litt arge Qualen, ihm war übel. Mit geschlossenen Augen lag er da und hörte, wie die immer betrunkener werdenden Menschen schmatzten, nagten, schnaubten, während sie das Fleisch der Gehörnten Hirschkuh verschlangen, wie sie sich gegenseitig Leckerbissen anboten, wie sie mit ihren verschmierten Gläsern anstießen und die abgenagten Knochen in die Schüssel legten.

»Ein Fleisch wie von einem Hengstfohlen«, schwärmte Koketaj und schmatzte.

»Wir wären ja dämlich, hier in den Bergen zu leben und so ein Fleisch nicht zu essen«, rief Oroskul.

»Richtig. Dafür leben wir ja hier«, murmelte Sejdachmat zustimmend.

Alle lobten sie das Fleisch der Gehörnten Hirschkuh: die Großmutter, Tante Bekej und Güldschamal und selbst Großvater Momun. Dem Jungen reichten und schoben sie auch einen Teller Fleisch und von den Gerichten zu. Er wies alles von sich, und als die Zecher begriffen, daß es ihm nicht gut ging, ließen sie ihn in Ruh.

Der Junge lag da und biß die Zähne zusammen. Er bildete sich ein, den Brechreiz so am besten unterdrücken zu können. Noch mehr aber quälte ihn das Bewußtsein seiner eigenen Hilflosigkeit, daß er nicht stark genug war, etwas gegen diese Menschen zu tun, die die Gehörnte Hirschkuh umgebracht hatten. Im gerechten Zorn des Kindes ließ sich der Junge in seiner Verzweiflung alle möglichen Formen der Rache einfallen, und wie er sie bestrafen, sie dazu zwingen konnte zu begreifen, was sie Grauenhaftes getan hatten. Ihm fiel nichts Besseres ein, als in Gedanken Kulubek um Hilfe zu rufen. Ja, jenen Burschen in seiner Matrosenjacke, der in der Sturmnacht mit den anderen jungen Fahrern zur Heuabfuhr hergekommen war. Er war der einzige Mensch, von dem der Junge wußte, daß er mit Oroskul fertig werden und ihm die Wahrheit ins Gesicht sagen konnte.

Der Junge ruft, und Kulubek kommt mit seinem Lastwagen angerattert, er springt mit umgehängter Maschinenpistole aus dem Führerhaus. »Wo sind sie?«

»Da drüben!«

Sie rennen zu zweit auf Oroskuls Haus zu und reißen die Tür auf.

»Keiner rührt sich! Hände hoch!« befiehlt Kulubek drohend in der Tür, die Schußwaffe im Anschlag.

Alle sind sprachlos. Vor Angst sitzen sie starr. Die Bissen bleiben im Halse stecken. Die Knochen in den fettigen Händen, Wangen und Mäuler triefen von Fett, vollgefressen und betrunken sind sie außerstande sich zu regen.

»Steh auf, du Dreckskerl!« Kulubek setzt Oroskul die Maschinenpistole an die Schläfe, der am ganzen Leibe zu zittern anfängt, einen Schluckauf bekommt und Kulubek zu Füßen fällt.

»Hab Erbarmen. Nicht töten!«

Kulubek aber ist unerbittlich.

»Raus mit dir, du Dreckskerl! Du bist erledigt!« Er versetzt Oroskul einen derben Tritt in den fetten Hintern, damit er aufsteht und das Haus verläßt.

Und alle, die dabei sind, gehen verschreckt und schweigend auf den Hof hinaus.

»An die Wand mit dir!« befiehlt Kulubek. »Dafür,

daß du die Gehörnte Hirschkuh getötet hast, daß du ihr das Geweih, auf dem sie dir eine Kinderwiege bringen wollte, herausgehackt hast, bist du des Todes!«

Oroskul läßt sich in den Staub fallen, kriecht, windet sich, stöhnt:

»Töte mich nicht. Ich habe doch noch nicht mal Kinder. Bin mutterseelenallein. Hab keinen Sohn, keine Tochter ...«

Wo ist sein Hochmut, wo sein Stolz? Das hier ist ein erbärmlicher, nichtswürdiger Feigling. So einen mag man nicht einmal töten.

»Komm, wir lassen ihn leben«, sagte der Junge zu Kulubek. »Mag er von hier weggehen und nie wieder zurückkehren. Den vermißt hier keiner. Soll er verschwinden.«

Oroskul steht auf, zieht die Hose hoch und, sich furchtsam umblickend, stiehlt er sich davon, fett, mit Hängebauch, in hängenden Reithosen. Aber Kulubek läßt ihn noch nicht weg:

»Bleib stehen! Wir haben dir noch was zu sagen. Kinder wirst du niemals haben. Du bist ein böser und nichtswürdiger Mensch. Dich kann hier niemand leiden. Der Wald mag dich nicht, kein Baum, nicht mal ein Grashalm mag dich. Du Faschist. Geh jetzt und für immer. Mach, daß du fortkommst!«

Oroskul rennt, ohne nach links oder rechts zu sehen.

»Schneller! Schneller!« ruft Kulubek lachend hinter ihm her und feuert, um ihn zu erschrecken, in die Luft.

Der Junge ist selig. Als Oroskul verschwunden ist, sagt Kulubek zu allen, die schuldbewußt an der Tür stehen:

»Wie konntet ihr nur mit so einem leben? Schämt ihr euch nicht?«

Der Junge atmete auf. Die gerechte Strafe hat sie alle ereilt. Er glaubte so sehr an seinen Traum, daß er vergaß, wo er war und aus welchem Anlaß gerade ein Gelage bei Oroskul stattfand.

Eine Lachsalve riß ihn aus dem beseligenden Zustand. Der Junge schlug die Augen auf und hörte wieder genauer hin. Großvater Momun war nicht mehr im Raum. War wohl irgendwohin hinausgegangen. Die Frauen trugen das Geschirr ab. Gleich würde es Tee geben. Sejdachmat erzählte irgend etwas laut. Die Umsitzenden lachten darüber.

»Und was war dann?«

»Erzähl schon!«

»Du, hörst du, erzähl das noch mal. Das muß ich noch mal hören«, forderte der vor Lachen fast besinnungslose Oroskul ihn auf. »Wie war das denn, wie du ihm angst gemacht hast! Ach, ich kann nicht mehr!«

»Na ja, das war so ...« Sejdachmat erzählte mit Vergnügen gern ein zweites Mal. »Wir sind also zu den Maralen hingeritten, und die standen alle drei auf der Lichtung. Gerade hatten wir die Pferde an einen

Baum gebunden, da packt mein Alter mich plötzlich am Arm. ›Du‹, sagte er, ›die Marale dürfen wir nicht schießen. Wir sind doch Bugus, Kinder der Gehörnten Hirschmutter!‹ Und schaut mich wie ein Kind an. Mit flehenden Augen. Ich komm fast um vor Lachen. Hab es aber unterdrückt und sage ganz ernst: ›Hör mal‹, sag ich, ›du willst wohl ins Gefängnis?‹ ›Nein‹, sagt er. ›Aber du weißt doch‹, sag ich, ›daß du da Feudalherrenmärchen erzählst, die sich einer in finsteren Zeiten ausgedacht hat, um das arme Volk einzuschüchtern.‹ Da steht ihm der Mund auf. ›Was soll das heißen?‹ – ›Ganz einfach‹, sag ich, ›laß dieses leere Geschwätz, sonst vergeß ich mich und melde es dort, wo es hingehört.‹«

»Hah-hah-hah!« Die Umsitzenden lachten laut los.

Und lauter als alle Oroskul. Der lachte und genoß es.

»Na ja, da haben wir uns erst mal herangeschlichen. Jedes andere Vieh wäre sofort auf und davon, aber diese einfältigen Marale laufen nicht weg, als hätten sie keine Angst vor uns. Nichts besser als das, denk ich«, prahlte Sejdachmat betrunken. »Ich mit der Flinte voran. Der Alte hinter mir her. Und da kommen mir auf einmal Zweifel. Hab noch nie im meinem Leben auf irgendwas geschossen, nicht mal auf Spatzen. Und hier gleich so was. Wenn ich nicht treffe, preschen die los in den Wald, und du kannst sie lange suchen. Kannst ja mal probieren, hinter denen herzulaufen. Die springen über den Paß. Wer läßt sich schon so eine Beute entgehen? Unser Alter ist aber Jäger, hat seinerzeit Bären erlegt. Also sag ich zu ihm: ›Hier hast du die Flinte, Alter. Schieß du!‹ Er lehnt entsetzt ab. ›Schieß selbst‹, sagt er. ›Mann‹, sag ich, ›ich bin ja so besoffen‹, und dabei torkel ich ein bißchen rum, als könnt ich nicht auf meinen Beinen stehn. Er hat doch gesehen, nachdem wir den Stamm aus dem Fluß gezogen haben, wie wir zu dritt die Pulle leergemacht haben. Da hab ich mich besoffen gestellt.«

»Hah-hah-hah!«

»›Ich schieß voll daneben‹, sag ich, ›und dann sind die Marale weg, ein zweites Mal kommen die nicht mehr. Und mit leeren Händen brauchen wir gar nicht erst zurückzukommen. Das weißt du selbst. Warum haben die uns wohl hergeschickt?‹ Er schweigt und nimmt das Gewehr nicht. ›Na gut‹, sag ich und tu so, als ob ich gehn will. Er hinter mir her. ›Mir soll's egal sein‹, sag ich. ›Dann wirft Oroskul mich eben raus, na und. Ich kann auch in der Sowchose arbeiten. Aber wo willst du hin auf deine alten Tage?‹ Er schweigt. Und ich stimme in aller Ruhe, zur Abrundung gewissermaßen, mein Liedchen an:

Da komm' ich herab von den roten Bergen
und reit' meinen Hengst, den roten.
Heda, mach's Tor auf, roter Kaufmann...«

»Hah-hah-hah!«

»Der hat doch wahrhaftig geglaubt, ich bin betrunken. Geht die Flinte holen. Ich geh auch mit. Währenddessen waren die Marale ein Stück weitergezogen. ›Also‹, sag ich, ›paß gut auf. Wenn die abhaun, holst du sie nicht mehr ein. Schieß, bevor sie einen Schreck bekommen.‹ Der Alte hat also die Flinte in der Hand, und wir schleichen uns an. Er murmelte vor sich hin wie ein Irrer: ›Vergib mir, Gehörnte Hirschmutter. Vergib mir ...‹ Und von mir kriegt er auch noch eins drauf: ›Paß bloß auf‹, sag ich, ›wenn du danebenschießt, kannst du gleich mit den Maralen auf Nimmerwiedersehn davonlaufen, brauchst gar nicht erst wiederzukommen.‹«

»Hah- hah-hah!«

Bei all dem Geschwätz und Gelächter der Betrunkenen wurde dem Junger immer heißer, der Atem ging immer schwerer, und ein immer stärker anschwellender Kopfschmerz spaltete ihm den Schädel. Es kam ihm vor, als trete jemand gegen seinen Kopf, als hacke jemand mit einem Beil auf seinen Kopf ein. Ihm schien, als ziele jemand mit dem Beil nach seinen Augen, und er warf den Kopf hin und her, um dem Hieb auszuweichen. Von der Hitze entkräftet fand er sich im eiskalten Fluß wieder. Er war ein Fisch geworden. Schwanz, Rumpf, Flossen: wie ein Fisch, nur der Kopf war geblieben, wie er war, und tat genauso weh. Er schwamm in der lautgedämpften, dunklen Kühle des tiefen Wassers umher und dachte, daß er jetzt immer ein Fisch bleiben und nie mehr in die Berge zurückkehren würde. Ich gehe nicht zurück, sagte er zu sich selbst, lieber ein Fisch sein und einer bleiben.

Es war keinem aufgefallen, daß der Junge vom Bett geklettert und aus dem Haus gegangen war. Er schaffte es gerade noch bis zur nächsten Ecke, da mußte er sich auch schon übergeben. Er hielt sich an der Wand fest, stöhnte, weinte, und zwischen herzzerreißenden Schluchzern murmelte er:

»Nein, lieber ein Fisch sein. Ich schwimme fort von hier. Lieber ein Fisch.«

In Oroskuls Haus wurde hinter den Fenstern immer noch heftig getrunken und grölend gelacht. Dieses barbarische Gelächter machte den Jungen ganz taub und verursachte ihm quälenden Schmerz. Er meinte schon, von diesem brutalen Gelächter sei ihm schlecht geworden. Als er ein wenig zu sich gekommen war, ging er über den Hof. Kein Mensch war da. Bei der erloschenen Feuerstelle stolperte der Junge über den leblos daliegenden betrunkenen Großvater Momun. Der Alte lag im Staub neben dem Geweih der Gehörnten Hirschkuh. Der Hund nagte an einem Stück Maralkopf. Sonst war niemand da.

Der Junge beugte sich über seinen Großvater und rüttelte ihn an der Schulter.

»Ata, komm wir gehen nach Hause«, sagte er. »Laß uns gehen.«

Der Alte gab nichts zur Antwort, er hörte nichts, er

bekam den Kopf nicht hoch. Was hätte er auch antworten sollen, was sagen?

»Steh doch auf, Ata. Laß uns nach Hause gehen«, bettelte er.

Wer weiß, ob es sein kindlicher Verstand erfaßte, oder ob es ihm noch nicht möglich war zu begreifen, daß der alte Momun hier lag, um für seine Geschichte von der Gehörnten Hirschmutter zu büßen, daß er sich wider seinen Willen an dem vergriffen hatte, was er ihm sein Leben lang eingeschärft hatte: an dem die Vorfahren ehrenden Gedenken, an seinem eigenen Gewissen, seinen eigenen Geboten, daß er sich darauf der unglücklichen Tochter zuliebe, ja, ihm, dem Enkel, zuliebe, eingelassen hatte ...

Und jetzt lag der Alte von Schmerz und Scham niedergeworfen mit dem Gesicht zur Erde, ohne auf den Anruf des Jungen zu reagieren.

Der Junge hockte sich neben den Großvater und versuchte, ihn wachzurütteln.

»Ata, heb doch mal den Kopf hoch«, bat er. Der Junge war blaß, seine Bewegungen waren kraftlos, Hände und Lippen zitterten. »Ata, ich bin's doch. Hörst du mich denn nicht? Mir ist ja so schlecht.« Jetzt weinte er. »Und mir tut der Kopf so weh.«

Der Alte stöhnte auf, rührte sich, konnte jedoch nicht zu sich kommen.

»Ata, glaubst du, daß Kulubek kommt?« fragte der Junge unter Tränen. »Sag doch, ob Kulubek kommt...« Er ließ ihn nicht in Ruhe.

So zwang er den Großvater dazu, sich auf die Seite zu drehen, und zuckte zusammen, als er das von Schmutz und Staub verschmierte Gesicht des betrunkenen Alten sah, mit dem lächerlichen zerzausten Bärtchen, und in diesem Augenblick sah der Junge den Kopf der weißen Hirschkuh, vom Beil des Oroskul eben erst abgehackt. Entsetzt prallte er zurück, er wich von seinem Großvater zurück und sagte:

»Jetzt werde ich ein Fisch. Hast du gehört, Ata, ich schwimme weg. Wenn Kulubek kommt, sag ihm, daß ich ein Fisch geworden bin.«

Der Alte blieb stumm.

Der Junge lief, immer weiter. Zum Fluß hinunter. Und direkt ins Wasser ...

Daß der Junge als Fisch im Fluß schwamm, wußte noch keiner. Vom Hof her erscholl das Trinklied:

Da komm' ich herab von den buckligen Bergen
und reit' auf meinem Kamel, dem buckligen.
Heda, mach's Tor auf, buckliger Kaufmann,
und laß uns trinken vom sauren Wein!

Du bist weggeschwommen. Hast nicht auf Kulubek gewartet. Schade, daß du ihn nicht abgewartet hast. Warum bist du nicht die Straße hinuntergelaufen? Wärst du nur lange genug die Straße hinuntergelaufen, dann hättet ihr euch bestimmt getroffen. Seinen Wagen hättest du schon von weitem erkannt. Hättest bloß die Hand hochzuheben brauchen, und er hätte sofort angehalten.

Wo willst du denn hin? hätte Kulubek gefragt.

Zu dir! hättest du gesagt.

Er hätte dich einsteigen lassen. Und ihr wärt zusammen gefahren. Kulubek und du. Vor euch wär die Gehörnte Hirschmutter die Straße entlanggaloppiert, keiner hätte sie gesehen. Nur du.

Aber du bist weggeschwommen. Hast du eigentlich gewußt, daß du niemals ein Fisch sein wirst? Daß du den Issyk-Kul nicht erreichen und den weißen Dampfer nie sehen wirst, um ihm sagen zu können: Guten Tag, weißer Dampfer. Ich bin's!

Eines aber kann ich heute mit Gewißheit sagen: Du hast zurückgewiesen, womit deine kindliche Seele sich nie hätte abfinden können. Darin finde ich Trost. Du hast wie ein Blitz gelebt, bist aufgeflammt und wieder erloschen. Blitze entstehen am Himmel. Der Himmel aber ist ewig. Auch darin finde ich Trost.

Auch darin, daß in jedem Menschen ein kindliches Gewissen schlummert, wie im Samenkorn ein Keim, und ohne einen Keim geht das Samenkorn nicht auf. Was uns auf dieser Welt auch erwarten mag, die Wahrheit lebt ewig, solange Menschen geboren werden und sterben.

Und zum Abschied wiederhole ich, mein Junge, noch einmal deine Worte: »Guten Tag, weißer Dampfer. Ich bin's!«

265/1/11.93

suhrkamp taschenbücher
Eine Auswahl

Capote: Die Grasharfe. st 1796
Carpentier: Explosion in der Kathedrale. st 370
– Die Harfe und der Schatten. st 1024
Carroll: Schlaf in den Flammen. st 1742
Celan: Gesammelte Werke in fünf Bänden. st 1331/1332
Cioran: Syllogismen der Bitterkeit (1952). st 607
Clarín: Die Präsidentin. st 1390
Cortázar: Bestiarium. st 543
– Die Gewinner. st 1761
– Ein gewisser Lukas. st 1937
– Rayuela. st 1462
Dalos: Die Beschneidung. st 2166
Dorst: Merlin oder Das wüste Land. st 1076
Duerr: Sedna oder die Liebe zum Leben. st 1710
Duras: Hiroshima mon amour. st 112
– Der Liebhaber. st 1629
– Der Matrose von Gibraltar. st 1847
– Sommerregen. st 2284
Eich: Fünfzehn Hörspiele. st 120
Eliade: Auf der Mântuleasa-Straße. st 1826
Elias: Mozart. st 2198
– Über den Prozeß der Zivilisation. Soziogenetische und psychogenetische Untersuchungen. st 2259
Enzensberger: Ach Europa! st 1690
– Gedichte. st 1360
– Mittelmaß und Wahn. st 1800
Enzensberger: Zukunftsmusik. st 2223
Federspiel: Geographie der Lust. st 1895
– Die Liebe ist eine Himmelsmacht. st 1529
Feldenkrais: Abenteuer im Dschungel des Gehirns. st 663
– Bewußtheit durch Bewegung. st 429
– Die Entdeckung des Selbstverständlichen. st 1440
– Das starke Selbst. st 1957
Fleißer: Abenteuer aus dem Englischen Garten. st 925
– Eine Zierde für den Verein. st 294
Frisch: Gesammelte Werke in zeitlicher Folge. 7 Bde. st 1401-1407
– Andorra. st 277
– Homo faber. st 354
– Mein Name sei Gantenbein. st 286
– Montauk. st 700
– Stiller. st 105
– Der Traum des Apothekers von Locarno. st 2170
Fromm / Suzuki / Martino: Zen-Buddhismus und Psychoanalyse. st 37
Fuentes: Nichts als das Leben. st 343
Gandhi: Mein Leben. st 953
García Lorca: Dichtung vom Cante Jondo. st 1007
Goetz: Irre. st 1224
Gulyga: Immanuel Kant. st 1093
Handke: Die Angst des Tormanns beim Elfmeter. st 27

265/2/11.93

suhrkamp taschenbücher
Eine Auswahl

Handke: Der Chinese des Schmerzes. st 1339
– Der Hausierer. st 1959
– Kindergeschichte. st 1071
– Langsame Heimkehr. Tetralogie. st 1069-1072
– Die linkshändige Frau. st 560
– Die Stunde der wahren Empfindung. st 452
– Versuch über den geglückten Tag. st 2282
– Versuch über die Jukebox. st 2208
– Versuch über die Müdigkeit. st 2146
– Wunschloses Unglück. st 146
Hesse: Gesammelte Werke. 12 Bde. st 1600
– Demian. st 206
– Das Glasperlenspiel. st 79
– Klein und Wagner. st 116
– Klingsors letzter Sommer. st 1195
– Knulp. st 1571
– Die Morgenlandfahrt. st 750
– Narziß und Goldmund. st 274
– Die Nürnberger Reise. st 227
– Peter Camenzind. st 161
– Schön ist die Jugend. st 1380
– Siddhartha. st 182
– Der Steppenwolf. st 175
– Unterm Rad. st 52
– Der vierte Lebenslauf Josef Knechts. st 1261
Hettche: Ludwig muß sterben. st 1949
Hildesheimer: Marbot. st 1009
– Mitteilungen an Max über den Stand der Dinge. st 1276
– Tynset. st 1968
Hohl: Die Notizen. st 1000
Horváth: Gesammelte Werke. 15 Bde. st 1051-1065
– Jugend ohne Gott. st 1063
Hrabal: Ich habe den englischen König bedient. st 1754
– Das Städtchen am Wasser. st 1613-1615
– Tanzstunden für Erwachsene und Fortgeschrittene. st 2264
Hürlimann: Die Tessinerin. st 985
Inoue: Die Eiswand. st 551
– Der Stierkampf. st 944
Johnson: Das dritte Buch über Achim. st 169
– Mutmassungen über Jakob. st 147
– Eine Reise nach Klagenfurt. st 235
Jonas: Das Prinzip Verantwortung. st 1085
Joyce: Anna Livia Plurabelle. st 751
Kaminski: Flimmergeschichten. st 2164
– Kiebitz. st 1807
– Nächstes Jahr in Jerusalem. st 1519
Kaschnitz: Liebesgeschichten. st 1292
Kiefer: Über Räume und Völker. st 1805
Kirchhoff: Infanta. st 1872
– Mexikanische Novelle. st 1367
Koch: See-Leben. st 783
Koeppen: Gesammelte Werke in 6 Bänden. st 1774
– Jakob Littners Aufzeichnungen aus einem Erdloch. st 2267

265/3/11.93

suhrkamp taschenbücher
Eine Auswahl

Koeppen: Tauben im Gras. st 601
– Der Tod in Rom. st 241
– Das Treibhaus. st 78
Konrád: Der Komplize. st 1220
– Melinda und Dragoman. st 2257
Kracauer: Die Angestellten. st 13
– Kino. st 126
Kraus: Schriften in 20 Bänden. st 1311-1320, st 1323-1330
– Die letzten Tage der Menschheit. st 1320
– Literatur und Lüge. st 1313
– Sittlichkeit und Kriminalität. st 1311
Karl-Kraus-Lesebuch. st 1435
Kundera: Abschiedswalzer. st 1815
– Das Buch vom Lachen und vom Vergessen. st 2288
– Das Leben ist anderswo. st 1950
Laederach: Laederachs 69 Arten den Blues zu spielen. st 1446
Least Heat Moon: Blue Highways. st 1621
Lem: Die Astronauten. st 441
– Frieden auf Erden. st 1574
– Der futurologische Kongreß. st 534
– Das Katastrophenprinzip. st 999
– Lokaltermin. st 1455
– Robotermärchen. st 856
– Sterntagebücher. st 459
– Waffensysteme des 21. Jahrhunderts. st 998
Lenz, Hermann: Die Augen eines Dieners. st 348
Leutenegger: Ninive. st 685
Lezama Lima: Paradiso. st 1005
Lovecraft: Berge des Wahnsinns. st 1780
– Der Fall Charles Dexter Ward. st 1782
– Stadt ohne Namen. st 694
Mastretta: Mexikanischer Tango. st 1787
Mayer: Außenseiter. st 736
– Ein Deutscher auf Widerruf. Bd. 1. st 1500
– Ein Deutscher auf Widerruf. d. 2. st 1501
– Georg Büchner und seine Zeit. st 58
– Thomas Mann. st 1047
– Der Turm von Babel. st 2174
Mayröcker: Ausgewählte Gedichte. st 1302
Meyer, E. Y.: In Trubschachen. st 501
Miller: Am Anfang war Erziehung. st 951
Das Drama des begabten Kindes. st 950
– Du sollst nicht merken. st 952
Morshäuser: Die Berliner Simulation. st 1293
Moser: Grammatik der Gefühle. st 897
– Körpertherapeutische Phantasien. st 1896
– Lehrjahre auf der Couch. st 352
– Vorsicht Berührung. st 2144
Muschg: Albissers Grund. st 334
– Fremdkörper. st 964
– Im Sommer des Hasen. st 263
– Das Licht und der Schlüssel. st 1560

265/4/11.93

suhrkamp taschenbücher
Eine Auswahl

265/5/11.93